박주경의

치유의 말들

이 책은 글의 성격에 따라
독백체와 대화체를 오간다.
후자는 독자분들과의 대화에 해당하므로
마땅히 경어敬語를 썼다.

박주경의

치유의 말들

박주경 건네다

안아주는 마음
나눠주는 온기

이 기울어진 세상을
건너게 해줄

너와 나의 밧줄

차례

제3장 우리 앞에 남은 시간

제4장 혼자 살지 못하는 우리

제5장 청춘은 벚꽃

제6장 나를 비추는 거울

제7장 내면으로의 여행

제8장 내가 이끄는 삶

글을 건네며

말로 떠드는 일은 늘 무참하다. 술자리의 실없는 농弄들이 그러하고 부재한 자들에 대한 '뒷담화'가 그러하며 일상의 지키지 못할 수많은 약속들도 마찬가지다.

말이 아예 직업의 영역으로 들어와 버린 나 같은 사람에게는 특히 그렇다. 매스 미디어의 '라이브' 뉴스를 본업으로 삼고 사는 나는 매일 아침 정말이지 간신히 떠든다. 누가 죽고 누가 누굴 해치고 누가 누구의 적이라는 그 수많은, 어지러운 이야기들…. 내가 전파에 실어 날리는 낱말의 몇 할이나 과연 듣는 이들 가슴에 향기로 남을까, 헤아려 보자면 선득한 일이다. 향기는커녕 공해는 되지 않을지, 최소한 정보로서의 가치라도 있는 것인지, 나는 늘 고민에 묻혀 산다. 그것이 마땅한 도리다.

○

말은, 듣는 이들 영혼의 토양에 꽃씨처럼 내려앉기가 참 힘들고, 그저 잠시 허공에 흩날리는 보기 좋은 꽃잎이거나, 아니면 날카로운 비수匕首나 되지 않으면 다행이다. 글로 끄적거리는 것은 그나마 부끄러움이 덜하다. 잘 다듬어진 글은 더러는 마음에 풀꽃으로 심어지기도 하고 드물게는 치유의 향기를 뿜기도 한다. 우리가 음울한 현실에서 벗어나기 위해 기꺼이 책에 한눈을 파는 것도 팔 할은 치유에 닿기 위함이다. 치유의 말을 글에서 찾는다. 지면에서 눈으로 찬찬히 쏘아 올리는 말들은 입에서 귀로 즉시에 전파되는 말과 달라서 한결 정제되고 순화되어 있을 가능성이 높다. 거기에 깨끗한 지혜가, 진솔한 격려가 담기면 그것이 치유의 말이 된다. 그런 말은 눈으로만 읽히는 것이 아니라 가슴으로도 읽힌다.

이른바 '악플'로 상징되는 날 선 댓글이나 '단톡방'을 도배하는 실없는 정보들은 처음부터 '글'로 치지 않으니 논외의 대상이다. 코로나19에, 재난 재해에, 온 나라가 고통으로 신음하는 와중에도 남을 모해하고 조롱하기 바쁜 그 공해의 낱말들은 '글'의 영역에 결코 넣어줄 수가 없다. 먼지보다도 못한 것들이다.

○

아픈 사람들에게 소박한 치유의 씨앗을, 평범한 이웃들에게 위로의 온기를 나눠주고 싶다는 건 나의 숨은 꿈이었다. 그것은 어쩌면 상처의 씨앗을 뿌리고 사는 자의 속죄 의식일

지도 모른다. 이 시대의 언론은 상처의 근원 중에 하나이므로 반성과 고해와 속죄에 끝이 없어야 한다. 자아비판 없는 언론인의 글을 나는 믿지 않는다.

허나 내가 아무리 간절히 치유와 위로를 꿈꾼다 한들 더 이상 '입의 말'로는 틀린 것임을 안다. 나의 말로는, (정말이지) 글러 먹었다.

○

그러니 이렇게 쓰고 있는 것이다. 그저 써야 하고, 계속해서 더 쓰는 수밖에….

치유의 말은 활자로 전하는 편이 낫고, 그것은 경험에서 나온 확신이다. 따뜻한 편지 한 통의 힘을 기억하는 사람은 그 확신에 수긍해 줄 수 있을 것이다. 진심에서 진심으로 가 닿는 이야기들, 아픔의 아주 작은 일부라도 나누고 서로의 용기를 북돋워 주는 이야기들…. 그것은, 공감이 바탕에 깔리면 글로써는 조금 가능한 일이다. 마음이 열리면 거기가 치유의 출발점이다. 그 출발선 앞에 서서 공감의 힘을 믿는다. 글의 완성은 늘 독자임을 명심하고 그 명심 위에서 조심히 쓴다.

2020년, 모두가 아픈 해에

박주경

제1장

당신은 나의 친구인가요?

백 번과 한 번

백 번 잘해주고 한 번 못하면
욕하고 뒤돌아서는 게 사람.
백 번 못하다가 한 번 잘해주면
속없이 감동하는 게 사람.

왜들 '백 번'보다 '한 번'을 더
마음에 새기려는 걸까요?
우리가 마땅히 기억해야 할 건
'한 번'이 아니라 '백 번' 아닐까요?

안아주는 마음

세 살 네 살배기 아이들이 다퉜을 때 화해를 시켜보세요. 주뼛주뼛하다가 제일 먼저 하는 행동이 다가가 '안아주는' 겁니다. 혼자 울고 있거나 서러워하는 친구를 달래주라 시켜도 마찬가지죠. 본능적으로 우선 하는 일이 포옹입니다. 순백의 아이들 마음속에선 사과나 위로란 슬쩍 '안아주는' 건가 봅니다.

어른들은 잘 못 그러죠. 사과해야 하는데도 사과를 주저하고, 기껏 한다는 게 영혼 없는 "미안" 한마디 정도인 경우가 많습니다. 그마저도 온라인 메신저나 문자로 무성의하게 대신하는 일이 잦습니다. 눈을 마주하고 손을 맞잡고 가슴 대 가슴으로 안아주는 건 '용기'에 가까워졌습니다. 아무나 선뜻 못하지요. 누굴 위로한다 해도 어떻게든 '말'로 대충 해결을 보려 하지, 자신이 가진 '온기'를 직접 나눠줄 생각은 잘 하지 못합니다. 우리는 너무 쑥스럽지요. 때가 많이 묻어서, 그 때묻은 몸을 사과나 위로의 전면에 내세우는 것이 머쓱한 걸지도 모르겠습니다.

어느 해 휴가에 바닷가 호텔을 갔더니 거대한 목각 인형 두 개가 전시되어 있었습니다. 높이가 십수 미터는 됨직한 두 인형은 서로를 끌어안고 있었습니다. 인형은 말이 없고, 감은 눈엔 표정이 드러나지 않았지만 저는 한눈에 알 수 있었습니다. 그 둘이 서로를 따뜻하게 위로하고 있다는 걸. 그 목각 인형들의 포옹을 보며 저는 괜스레 부럽다는 생각까지 들었습니다.

'나도 누군가로부터 사과받을 일들이 남아 있는데,
위로받고 싶은 일들이 없지 않은데….

나 또한 누군가에게 했어야 할 사과와 위로들이
잔뜩 연체되어 있는데….

아! 나는 미처 안지도, 안기지도 못한 채
거듭 빚만 지고 살아가는구나….'

진정성 말고 항상성

언젠가 백사장에 홀로 앉아 사색에 잠겨있던 나의 뒷모습을 친구가 사진으로 찍어뒀다가 메신저로 보내준 적이 있다. 불과 몇 시간 전의 일이었는데도 나는 사진 속 그 순간에 무슨 생각을 그리 골똘히 하고 있었던 건지 전혀 기억이 나질 않는 것이었다. 이렇듯 내가 나의 마음 흐름조차 온전히 읽지도 붙잡지도 못하는데 어찌 남의 마음을 읽고 붙잡아 둘 수 있겠는가. 우리가 타인의 마음을 향해 유일하게 단언할 수 있는 말은 '오직 모를 뿐'이다.

유시민 작가는 어느 방송 토론회에서 자신은 '진정성'이란 말을 싫어한다고 했다. 타인의 진정성을 내가 어찌 알겠냐는 것이다. 그렇다고 그 말 자체를 싫어할 것까지야 있겠나 싶었지만 그가 가진 생각의 타당성은 충분했다. 우리는 남이 건네는 여러 말들의 진위를 명확히 가늠키 어렵고 심지어 "이건 진심이야" 라고 못 박는 말조차도 끝내 검증해낼 도리가 없다. 진정성을 호소하는 말은 대체로 달콤하기는 하지만 관계에 약이 될지 독이 될지는 알 수 없다.

그렇다면 나는 '진정성'이라는 말보다는 '항상성'이라는 말로 표현을 대체하고 싶다. 좋은 관계의 핵심 조건으로 말이다. 촌각에도 수없이 바뀌는 게 인간의 마음이라지만 사람 대 사람의 관계, 사람이 사람을 대하는 태도에 있어서는 어떤 일관된 기류 같은 것이 있을 수 있다. 그 기류에 기복이 적고 예측이 가능하다면 그것은 신뢰로 이어지고 서로 간의 친밀도를 높인다. "이 사람은 참 변함없어." 라는 말이 얼마나 훌륭한 평가인지를 우리는 잘 알고 있다.

비록 그 평가가 지금까지의 행보에 바탕을 둘 뿐 미래의 관계까지 보장하는 건 아니지만, 어쨌든 그런 말을 주고받을 수 있는 사람이 주변에 많다면 그것은 축복된 인생이라 하겠다. 항상성 있는 인간관계에 둘러싸여 살아왔다면 그것은 곧 삶의 안정성을 의미하기 때문이다. 반면, 친밀한 듯 접근하는 사람이 주변에 많아도 항상성까지 인정할 수 있는 사람이 드물다면 그건 삶의 불행이 될지도 모른다. 한결같지 않은 사람들에게 둘러싸여 있는 건 일종의 공해이기 때문이다. 나를 향해 뻗어오는 타인들의 친밀親密이 언제 오해로, 시기로, 증오로 바뀔지 모른다면 얼마나 피곤하고 긴장된 삶이겠는가.

아무리 깊은 사이라도 이런 변덕스런 감정들이 아예 오가지 않을 수는 없겠지만 대저 항상성이 있는 관계에는 회복탄력성이라는 것이 수반된다. 누군가를 향해 오해와 시기, 증오가 돌연 생기다가도 이내 마음을 다잡아 원래의 신뢰와 지지, 사랑으로 돌아오는 것 말이다.

이 회복탄력성, 항상성을 가진 사람만이 진정한 친구로 자리 잡는다. 그것이 결여된 사람의 오해, 시기, 증오는 냉혹해서 상대의 영혼에 깊은 자상을 낼 수 있다. 그러나 그런 사람은 상대에게만 불행을 안기는 게 아니라 결국 자신도 불행의 늪에 빠지고 만다. 항상성 없는 사람의 곁을 오래 지켜줄 친구는 아무도 없기 때문이다.

오래 가는 친구

30년 가까이 묵은 친구가 30년 넘게 묵은 귀한 술을 한 병 들고 주말에 나 사는 동네로 찾아왔다. 숨겨놓고 혼자 홀짝일 법한 고급술이건만 굳이 나눠 마시겠다고 들고 왔으니 나는 고기를 샀다. 그래봤자 술값이 고깃값의 몇 곱절이지만 친구끼리 따지고 자시고 할 것은 없다. 그저 훗날 따위 도모 않는 자세로 그 자리에서 말끔히 한 병을 비워내면 그만이다. 그 모든 과정은 생색이나 자랑, 감사나 보은의 인사치레 없이 무덤덤하게 흘러간다. 친구는 말본새에 힘을 주어가며 의리를 내세우려 하지 않고 나는 오두방정 깨춤으로 감동 사례를 하지 않는다. 그저 둘 중 누군가는 말없이 고기를 뒤집고 누군가는 말없이 잔을 채워 서로의 허기를 달래줄 뿐이다. 나눔에 어떤 계산도 따라붙지 않고 답례나 리액션 따위 필요치 않은 이 관계가 최고급 위스키보다 달고 은은하다. 30년산이 아니라 3천 원짜리 깡소주를 마셔도 친구는 반갑고 술은 맛있다.

또한 우리는 군침 도는 먹을거리를 앞에 놓고 굳이 '인증샷'을 찍는 부산함 대신에, 온전히 그 '맛'에만 집중하며 순간의 추억을 담담히 공유하고 새긴다. 평소 '카톡'이니 문자 메시지니 그런 것도 잘 나누지 않는 우리 둘의 관계는 어쩌면 시대에 뒤처진 듯한 투박한 우정일지도 모르겠지만 그 느리고 무던한 가운데 고요히 정이 깊다.

끊어지지 않고 오래 가는 친구 관계의 핵심은 덤덤함이다. 널뛰지 않는 덤덤함. 사소한 감정에 관계가 휘둘리지도 않고 그저 존재 자체만으로 됐다고 여기는 진득함. 그렇게 우직하게 접착된 사이는 향초처럼 은은한 향기를 머금어 오래도록 이어진다. 독한 향수는 금세 기화되고 그 전에 이미 물리기 십상이다.

나의 절친한 벗 가운데 하나는 타국에 있는데 1년 가야 서로 몇 번 연락을 할까 말까다. 그럼에도 서운함이나 소원함이 없는 건 신뢰가 축적되어 있기 때문이다. 무소식이 희소식이라는 생활의 깨우침도 순리로서 작용했으리라. 말 많고 접촉이 많다 해서 신뢰가 두터워지는 건 아니다. 살다 보면 오히려 그 반대의 경우가 많다. 좋아 죽는다고 손뼉 치며 깨방정을 떨다가도 말꼬리 하나로 원수처럼 돌아서는 사례를 수 없이 보아왔다. 요란스럽고 진폭이 크면 튕겨나갈 확률도 그만큼 높아진다.

술을 들고 왔던 아까 그 '절친'은 바로 옆 동네 사는데도 그리 자주 보진 않는다. 우리가 무슨 '시작하는 연인'도 아니고 접촉의 빈도가 중요할 것이 무엇 있겠는가. 그저 각자의 자리에서 무덤덤하게 삶을 살아가다 마음 맞는 날 즉흥으로 만나 술 한잔 기울이면 그만이다. 만난다고 별 얘기를 주고받는 것도 아니다. 학창시절 추억담을 사골처럼 우려먹는 것도 십년 전 쯤에 끝났고 이제는 만나고 헤어진 뒤에 무슨 얘길 나눴는지도 기억 안 날 만큼 대화는 담담하고 우정은 목구멍 너머에서 진득하다.

또 한 명의 '베프'는 막역한 사이임에도 먼저 전화할 일 있으면 반드시 "지금 통화 괜찮냐?"는 확인 질문으로부터 시작한다. 25년 된 사이인데도 변함없이 그런다. 그것은 친구를 멀리 여기거나 어렵게 대하는 취지가 아니라 각자의 삶의 영역에 대한 존중의 차원이다. 우리는 서로의 바쁘고 고단한 생을 인정해 줌으로써 사소한 교신으로 시간을 뺏으려 하지 않는다. 연애 초기의 남녀라면 그 사소한 연락이 서로의 마음을 확인시키고 사랑을 촉진시켜도 주겠지만 친구 관계는 굳이 그럴 필요가 없다. '확인' 절차는 이미 끝난 게 벗이다.

친구는 '마음의 소리'를 들려줄 수 있는 몇 안 되는 존재이다. 그 소리는 굳이 입을 열지 않고 귀를 기울이지 않아도 얼마든 주고받을 수 있다. '이심전심'이라는 말이 그래서 나온 것 아니겠는가. 그 이심전심을 바탕으로 나와 내 친구가 노래방에서 마무리로 부르는 곡은 늘 안재욱의 <친구>다. 전주가 시작되면 두 취객을 자동반사적으로 어깨동무하게 만드는 이 곡은 다름 아닌 '이심전심'의 메시지를 바탕에 심은 곡이다. 그중에서도 백미로 꼽고 싶은 가사가 아래 구절들이다.

괜스레 힘든 날 턱없이 전화해
'말없이' 울어도 오래 들어주던 너.

'얘기하지 않아도' 가끔 서운케 해도
못 믿을 이 세상 너와 난 믿잖니.

'눈빛만 보아도' 널 알아.

…

잡스 유감

〈포노 사피엔스〉는 스마트폰이 낳은 신인류를 일컫습니다. 스마트폰이 만들어낸 눈부신 기술적 진화와, 그걸 온몸으로 흡수하고 살아가는 지구인들, 가히 '신인류'라 칭할 만합니다. 이 변혁을 이끌어낸 건 스티브 잡스입니다. 그래서 〈포노 사피엔스〉라는 책을 보면 잡스는 단연 혁명가이자 선구자, 위인으로서 평가받습니다. 타당한 평가입니다. 그가 이끌어낸 세상의 변화를 보세요. 수긍에 어려움이 없을 겁니다. 책의 저자(최재붕 교수)는 "포노 사피엔스 시대는 인류의 운명"이라고 말합니다. 역시 타당한 진단입니다. 모든 것이 손안으로 들어오는 이 '스마트' 시대는 디지털 문명의 진화 과정에서 인류에게 필연이 아닐 수 없습니다. 그 분야 최고의 전문가가 연구를 바탕으로 내린 분석에는 그만한 설득력이 담겨있습니다. 저를 비롯한 많은 사람들이 책을 보며 무릎을 쳤던 이유입니다.

그러나,

그럼에도 불구하고….

저는 포노 사피엔스의 시대가 조금은 '유감'이기도 합니다. 그 시대를 앞당긴 스티브 잡스에 대해서도 사실 '유감'을 떨칠 수가 없습니다. 그의 업적과 석학들의 평가를 부정하는 것은 아닙니다. 그건 그것대로 인정하되, 유감은 유감이라는 것입니다. 뭐가 그리 유감이냐? 라고 물으신다면 저의 유감 사유는 다음과 같습니다.

1. 일단 저는 스마트폰을 들여다보며 거리를 활보하는 사람들의 신풍경이 유감입니다. 많은 이들이 길을 걸으면서도 스마트폰을 손에서 놓지 않고 거기에 시선을 고정하고 있습니다. 안전 같은 표면적 문제는 둘째 치고, 저는 그 시간만큼 사람들이 하늘을 덜 올려다보고, 산을 덜 바라보고, 발아래 땅의 형상을 덜 살피는 것, 그럼으로써 하늘과 산과 땅에 기거하는 수많은 생물·무생물의 존재를 덜 인지하고 덜 교감하게 되는 것, 그것이 유감입니다. 이 말을 들으면 〈포노 사피엔스〉 예찬자들은 다음과 같이 반박하실 수도 있습니다. "스마트폰 안에도 다 있거든? 그걸로도 얼마든지 볼 수 있거든?"

예. 맞습니다. 그렇습니다. 이 최첨단 IT기술의 집약체인 스마트폰에는 내 머리 위의 하늘보다 더 예쁘고 찬란한 하늘이 무수한 이미지 파일의 형태로 저장되어 있거나 검색어 하나만으로 즉각 소환돼 나옵니다. 산과 땅, 바다와 강, 동물과 식물도 마찬가지일 겁니다. 이미지뿐 아니라 존재에 관한 다각적 설명과 전문적 정보까지 '클라우드' 안에 빼곡히 들어차 있습니다. 그러나, 그렇게 보고 배우고 느끼는 '자연'이, 과연 내 눈으로 보고 코로 냄새 맡고 귀로 소리 듣고 손으로 만지는 자연과 동일하다고 볼 수 있을까요? 그럴 수는 없을 겁니다. 아무리 디스플레이 화질이 초초초고화질로 진화한다 하여도 그 위에 그림자처럼 반영된 화상과 내 눈앞에 실존으로서 펼쳐지는 광경을 결코 비견할 수는 없는 것입니다. 어떤 경우에라도 저는 후자의 가치, '실제'의 존재가 지닌 가치를 더 높게 평가합니다. 그러므로 후자를 우리로부터 멀어지게 하고 전자의 비중을 높여가는 스마트 기기와 그 선구자에 대해 저는 도무지 '유감'을 떨쳐낼 도리가 없습니다.

2. 또한 저는 집안에서도 가족 구성원끼리 각자의 방에 틀어박혀 '카톡'으로 대화를 나누는 광경이 지극히도 유감스럽습니다. 이 예시는 그리 과장된 얘기가 아닙니다. 주변 누구에게든 물어보세요. 그런 경험이 없는지…. 멀리 갈 것 없

이 당장 우리 집 안에서도 언젠가 그런 풍경이 연출되고 있는 걸 보고 저 스스로 소스라치게 놀란 일이 있습니다. 건넌방에 있는 중학생 딸과 제가 어느 순간 그렇게 대화를 나누고 있더군요. 오프라인으로 채 몇 미터도 떨어지지 않은 거리의 가족이 그 오프라인 공간을 놔두고 굳이 '소셜 네트워크' 안으로 빨려 들어가 '온라인 커뮤니케이션'을 하고 있더라 말이죠. 그런 일이 어디 가족관계뿐이겠습니까? 학교, 직장, 각종 모임, 어딘들 이런 풍경이 없을까요…. 피붙이 가족끼리도 이러하거늘 다른 관계들은 오죽할까요? 저는 여기서 온라인 관계망 자체가 나쁘다고 말하는 것은 아닙니다. 소셜 네트워크도 하나의 엄연한 사회이고 그 안에서 찾을 수 있는 순기능이 무궁무진합니다. 다만, 온라인 관계에 치중하는 나머지 오프라인 접촉과 교감의 기회를 잃지는 않을까 걱정된다는 것입니다. 그날 그 순간, 각자의 방에서 '카톡' 대화를 나누고 있던 저와 딸은 분명 그 기회를 잃고 있었습니다. 방문만 열어젖히면 되는데, 몇 걸음만 수고로우면 되는데, 그게 귀찮으니 그저 스마트폰 자판만 서로 두들기고 있었던 겁니다. 그렇게 교신하면 각자가 보낸 '메시지'는 읽을 수 있어도 서로의 살아있는 '표정'은 보지 못합니다. 온라인 메신저 창이 사람의 표정까지 보여주지는 않으니까요. 이모티콘을 아무리 다양하게 주고받아도 진짜 살아있는 표정은 아닐 것이고 영상 통화라 해도 별반 다를 바는 없을 것입니다. 전파에 실어 파편적으로 보여주는 서로의 낯빛이, 직접 만나 오감으로 느끼는 것과 같을 수는 없습니다.

사랑은 '접촉'입니다. 접촉은 온기의 뿌리입니다. 그래서 저는 접촉과 온기의 기회를 줄이는 스마트폰 교신 방식을 끝내 유감스러워할 수밖에 없습니다.

3. 아울러 저는 상상의 나래를 주야장천 스마트폰 안에서만 펼치고 있는 우리네 아이들의 모습이 유감입니다. 'IT'라는 세계가 창조되기 전, 아이들의 상상은 발 딛고 선 모든 곳에서 광활하게 펼쳐졌습니다. 땅을 짚고 하늘을 이고 바람을 맞으며, 보고 듣고 느끼는 모든 것들이 상상력의 토대였습니다. 손안에 작은 '전자 놀이터'가 쥐어지기 전만 해도 동네 놀이터는 상상과 교감의 메카였습니다. 미끄럼틀과 정글짐에 모이면 금세 '우리만의 세계'를 창조해냈고, 그 아래 모래성을 쌓으면 '나만의 세계'도 만들어졌습니다. 또 그네에 올라 저 높은 하늘에 발도 불쑥 담가보고, 그 발로 다시 흙을 밟아가며 땅의 전령이 되어보기도 했습니다. 이 모든 '실존 기반'의 놀이로부터 멀어지고 있는 아이들의 운명이 저는 끝내 유감입니다. 지

금 시대의 아이들에게는 놀이터란 거의가 온라인 세계 안에 존재하지 않습니까? 스마트폰, 태블릿, 컴퓨터… 그 안에 펼쳐지는 각종 게임, 유튜브, 소셜 네트워크 서비스… 동네 운동장과 놀이터가 텅 비어갈 때 이 '사이버 월드'는 늘 문전성시입니다. 손으로 만지고 놀던 장난감들도 서랍장에 처박히고, 책이란 책도 웬만해서는 맥을 추지 못합니다. 온라인 놀이터의 장악력은 가히 위압적입니다. 그것이 무조건적으로 옳다 그르다 할 수는 없겠지만 인간의 집중력은 결국 '제로섬 게임'에 가까워서 어느 한쪽으로만 과도하게 쏠리면 다른 한쪽은 소원해지게 마련입니다. 2020년대 아이들에게 분명 골목의 추억은 실종됐고 놀이터는 지루한 공간입니다. 이제는 '함께 논다'는 개념이, 함께 뛰고 함께 땀 흘리고 함께 뒹구는 것이 아니라, 그저 각자의 집에서 온라인에 접속해 게임을 같이 하는 개념 정도로 바뀌어가고 있습니다. 운동장을 대신해 그들을 끌어모으는 첨단 과학의 놀이터들은, '웹'을 타고서만 다다를 수 있는 천공의 성과 같습니다. 그 '라퓨타'가 아이들의 상상력을 자석처럼 빨아들일 때, '자연'은 아이들에게 내밀었던 손을 머쓱하게 거둘 수밖에 없습니다. 더는 바람의 냄새가 옷에 밴 아이들을, 노을의 온기가 머리에 스민 아이들을 만나기가 힘듭니다. 바람은 상상의 날개를 도약시켜주고 노을은 그 상상에 색을 입혀줍니다. 자연이 선사하는 서정과 사유는 창조에 있어 최고의 친구였습니다. 그러나 인터넷 시대의 아이들은 디지털 기반의 새 친구를 만나 아날로그의 친구들로부터 멀어져갑니다. 어느 쪽이 더 좋다 나쁘다 쉽게 단정할 수는 없겠지만 '오프라인'으로부터 멀어진 상상력이 오프라인의 인간세계에 어떤 살가운 창조물을 내놓을지 저는 모르겠습니다. 한 번 빠지면 두 시간 세 시간, 열 시간이고 쉬지 않고 몰입하게 만드는 인기 게임의 개발자들이, 과연 자기 자식도 게임에 두 시간, 세 시간, 아니 열 시간씩 빠져 있도록 용인을 해줄까요? 그들이 창조해낸 상상의 세계는 과연 누구를 위한 걸까요? 분명한 것은, 스마트폰 안의 세상이 현실 그대로의 세상은 아니라는 겁니다. 우리 아이들 앞에는 여전히 '클릭'으로 해결할 수 없는 정글과도 같은 세상이 도사리고 있고 '클릭'만으로는 완성할 수 없는 무한 창조의 가능성들이 숨어 있습니다.

아…! 이렇게 말하면 IT 산업의 선도자들은 저를 비웃고 있을지도 모르겠습니다. "그렇게 고리타분한 생각으로 어찌 미래를 열겠다는 건가? IT가 인류를 얼마나 풍요롭게 만들어 주는 줄 알아?" …예. 알지요. 알고 말고요. 저도 미디어를 업으로 삼고 20년 녹을 먹었는데 그렇게 사방으로 생각이 막힌 사람은 아닙니다. 결단과 혁신의 선구자들이 창조해낸 신세계를 무턱대고 부정하지도 않습니다. 다만, 편리한 것은 편리한 것이고 고마운 것은 고마운 것이되, 아쉬운 것은 아쉬운 것이라는 겁니다. 예전 같으면 발품을 팔아도 몇 날 며칠은 팔아야 얻을 수 있었던 것들을 이제는 터치 하나로 얻어낼 때, 그 고마움이 '잡스'에게로 향하는 것은 순리지만 그렇다고 남은 아쉬움들이 상쇄되는 것은 아닙니다. 흙과 멀어지는 아이들, 접촉으로부터 단절되는 관계, 실존으로부터 격리되는 관심, 이 모든 것들이 저는 두고두고 아쉬울 겁니다.

디지털 문명은 아날로그 감성을 소외시키고, 손에서 손으로 전해지는 온기를 분명 차단합니다. '아이디 대 아이디'가 아닌 '사람 대 사람'으로 직접 만나야만 가능한 것들이 있습니다. 우리가 세상만사를 너무 '효용'과 '편리'의 잣대로만 따지다 보면 저도 모르게 그런 가치를 잃어가게 됩니다. 고마운 잡스는 그래서 아쉬운 잡스이기도 한 것입니다. 잡스 유감… 제 마음속에는 그런 체기滯氣가 얹혀 있습니다.

오류가 만드는 인간애

인공지능이 발달하면 머지않아 사라질 직업군 가운데 하나로 항상 빠짐없이 등장하는 게 '기자'입니다. 저희 같은 현업 기자들에게는 뜨끔한 얘기지요. 거의 모든 취재·보도가 객관적 자료나 데이터 중심으로 이뤄진다고 치면 굳이 '사람 기자'가 필요 없다는 분석인데 일리가 있는 얘깁니다.

그러나 역사를 뒤바꾼 대부분의 특종은 문서 자료나 공식 데이터가 아닌 사람과 사람 사이의 '만남', 그 우연성에서 나왔습니다. "탁 치니 억 하고 죽었다"는 박종철 열사 고문치사 사건은 기자가 검사 방에 찾아가 차를 마시다 건진 특종이었고 그 우연이 '호헌 철폐'로 이어졌습니다. 국정 농단을 밝힌 태블릿 PC 사건도 기자가 건물 경비원을 설득해 빈 사무실에 들어가면서부터 시작됐고 그것이 '촛불'에 불을 지폈습니다. 이러한 사건들은 아마도 'AI 기자'였다면 세상 밖으로 끄집어내지 못했을 겁니다.

사람 대 사람의 대면對面에서 오는 미묘한 교감과 소통, 그리고 표정과 자세에서 읽히는 '비非언어적' 요소까지 때로는 결정적 정보가 되기도 합니다. 아무리 디지털 첨단의 시대라지만 아날로그 접촉이 가진 잠재 가치를 무시할 수는 없습니다. 다만 '데이터 저널리즘'이 대세화 되고 숨은 특종감이 없을 정도로 사회가 투명해져 간다면 결국 인간 기자는 AI 기자에게 자리를 내어줄 수밖에 없습니다.

택배기사분들은 어떨까요? 미국은 이미 '드론 택배'가 시작됐습니다. 우리 땅에 날개 달린 '드론 기사'들이 날아다니는 것도 시간문제일 뿐입니다. 비행이 안 되는 빌딩 내부나 아파트 안에서는 바퀴 달린 '로봇 기사'들이 활약하겠지요. 그들에게 배송 오류 따위는 없을 겁니다.

그런데…

그 '오류 없음'이 때로는 인간 세상을 더 답답하게 만들지도 모를 일입니다.

예를 들자면 이런 겁니다. 가정컨대 저는 오늘 오전 중으로 택배를 받아서 오후에는 중요한 사람에게 선물해야 합니다. 또는 오후에 병원 갈 일이 있기 때문에 오전 중에 택배 등의 모든 업무를 끝내야 합니다. 이럴 때 우리는 '융통성'을 기대할 수 있습니다. 배송 예고 문자를 보내온 택배기사에게 전화해 "오전 중에 꼭 들러줄 수 없는지" 간곡히 부탁해볼 수 있습니다. 정해져 있던 배달 순서를 깨고 그 부탁을 먼저 들어주는 건 AI 입장에서는 '오류'에 해당할 겁니다. 들어줄 리 없겠지요. 그러나 사람은 안 그렇습니다. 상대 사정이 급박하다면, 까짓거 순서쯤이야 좀 깨줄 수도 있습니다. 배송 루트가 다소 꼬이는 한이 있더라도 그 집에 먼저 들러줄 수 있는 겁니다. 그게 바로 '오류'가 만드는 인간성·인간애가 아닐까요? 오직 사람만이 할 수 있는 겁니다.

물론 영리를 추구하는 기업들이 그 '인간애'에 절대 불변적 가치를 부여하진 않겠지요. 비용과 효율이라는 실리적 가치를 따지면 결국은 AI로 인력을 대체하고 말 겁니다. 그럼 우리는 몇 날 몇 시에 오겠다는 'AI 기사'를 상대로 어떤 '네고'도 할 수가 없겠지요? 융통성을 기대할 수 없는 무오류의 배송, 그것은 정확하고 편리해서 좋은 걸지도 모르지만 어쩌면 답답한 일이 될 수도 있습니다.

AI의 등장은 사실 소비자들보다도 택배 기사들에게 발등의 불입니다. 로봇에게 일자리를 내줄 기사들의 실직 문제가 불 보듯 뻔합니다. 택배뿐만 아니라 거의 모든 분야에서 노동자들은 일자리를 잃어갈 것입니다. 요즘 이런 주제를 다룬 책들도 쏟아져 나오지요. 우리 시대가 '인공지능'과 '로봇'을 맞이할 준비를 본격적으로 하고 있다는 얘기일 겁니다.

이 문제를 다루는 거의 모든 담론은 동전의 양면처럼 명과 암을 함께 조명합니다. 예컨대 AI는 인류에게 '득'이 되거나 '독'이 되거나 둘 중 하나가 될 것이고 그 앞에서 인간은 '이용'의 주체가 되거나 '무용'의 존재가 되거나 둘 중 하나일 겁니다. 득이냐 독이냐, 이용할 거냐 무용해질 거냐….

여러분 생각은 어떠신지요? AI를 잘 '이용'하는 사람이 돼 있을 것 같은가요, 아니면 AI로 인해 '무용'해진 사람이 돼 있을 것 같은가요? 분명한 것은, AI는 우리의 '진짜 친구'는 될 수 없다는 겁니다. 손을 잡고 혈기와 온기를 나눌 수 있는 진짜 친구는 디지털 월드가 아닌 아날로그 월드에서만 존재합니다.

경쟁과 존중

작품상, 감독상, 각본상, 국제영화상….

제92회 아카데미 영화제의 주인공은 단연 봉준호 감독이었다. 그는 본인 말대로 미처 '릴랙스 할' 틈조차 없을 정도로 수시로 호명되어 시상대로 불려 나갔다. 그가 내딛던 한 걸음 한 걸음은 그야말로 세계 영화계의 새 역사였다.

그러나 내가 볼 때 그를 주인공으로서 가장 빛나게 한 순간은 바로 트로피의 영광을 경쟁자들에게 돌리던 수상 소감이었다. 그는 감독상을 받자마자 제일 먼저 거장 마틴 스코세이지의 이름부터 무대 위로 올렸다. 〈아이리시맨〉으로 나란히 후보에 지명된 그를 자신의 오랜 '스승'으로 칭송하던 순간, 현장의 모든 영화인들이 감동받아 기립한 건 아카데미 최고의 명장면이 되었다. 이어 봉 감독은 〈원스 어폰 어 타임 인 할

리우드>로 노미네이트된 쿠엔틴 타란티노를 '형님'이라 칭하며, 신예 시절부터 한결같이 응원해준 그에게도 "I love you Quentin!"을 날렸다. 그 밖에도 함께 후보에 오른 <1917>의 샘 멘데스, <조커>의 토드 필립스까지 일일이 다 호명해가면서, 봉 감독은 그들에 대한 아낌없는 존경과 존중을 표했다. 특히 그가 "오스카에서 허락한다면 이 트로피를 '텍사스 전기톱'으로 5등분 해 저들과 나누고 싶다"고 말한 대목은, 지켜보던 모든 영화 팬들을 웃고 울게 만든 그날의 두 번째 명장면이 되었다.

겨룸이 이런 식으로 마무리될 때 '경쟁의 장'은 '축제의 장'이 된다. 무릇, 좌절하거나 웅크린 사람에게 손을 내미는 것만큼 아름다운 일은 없으며, 특히 승자가 패자에게 다가가 그리하는 것은 더더욱 감동적이다. 한때 치열하게 경쟁했던 상대를 향한 위로이자 동지의식, 그리고 깊은 존중의 표현이기 때문이다. 우리가 얘기하는 공정 경쟁, 페어플레이란 이런 것으로 완성되는 법이다. 경쟁이 가장 치열하게 펼쳐지는 영역, '스포츠'계에서 말하는 스포츠 정신이란 것도 이런 행위들로써 입증된다.

심지어 복싱이라든가 MMA(Mixed Martial Arts) 같은 투기

종목에서도 우리는 '죽일 듯이 싸우다가 펑펑 울며 화해하는' 극적인 반전을 종종 목격하는데, 그게 바로 동지 의식과 존중의 발현이다. 일전에 여자복싱 세계 챔피언 김주희 선수와 같은 체육관에서 운동을 한 적이 있는데 그녀도 이렇게 말하곤 했다. "경기가 시작되면 무조건 상대를 '죽이겠다'는 생각으로 하는 수밖에 없어요. 그래야 내가 살아요." 그런데, 그렇게 독하게(?) 말해놓고도 경기가 끝나면 늘 상대에게 달려가 얼싸안고 다독여주는 것 아니겠는가. 나는 그 광경이, 앞선 모든 시합 장면들보다 더 지켜볼 가치가 있다고 생각했다. '경쟁'이 재미의 영역에 있다면 '존중'은 감동의 영역이다. 개인적으로 격한 스포츠를 좋아한 나머지 어려서부터 성인이 되어서까지 태권도라든가 킥복싱, 검도, 종합격투기 등을 조금씩 익혀왔는데, 거기서 얻은 깨우침이란 것도 사실은, '사람 때리는' 기술이 아니라 '존중'이었다. 공격하고 방어하고 그런 기술들보다 훨씬 값진 것이 인간 존중의 소양을 익히는 일이었다. 상대를 존중하고 결과도 존중하는 정신, 그것이 과정의 치열함과 폭력성을 정당화해준다.

심지어는 서로 치고받았던 선수들끼리 '다정한' 친구 사이나 존경의 관계가 되는 일도 적지 않다. 나는 함께 운동하던 아우들이 시합에 나갈 때 경기 세컨(코치)으로 따라 나간 적이 많은데 거기서 그런 광경들을 여러 번 보았다. 투기 선수들 사이에는 강렬한 동지애 같은 것이 순식간에 발생한다. 서로 얼마나 힘들게 거기까지 버텨왔는지를 알기 때문이다. 나와 절친한 선수 박정교(로드FC 미들급·라이트헤비급 파이터)는 일본의 전설적인 파이터 미노와를 KO로 이겼을 때 그 자리에서 펄쩍 뛰며 환호하는 대신 90도로 허리를 숙여 정중히 절부터 했다. 선배이자 동료인 상대 선수를 향해 표현할 수 있는 최대한의 존경과 존중을 표한 것이다. 줄리에 켓지라는 외국의 여성 파이터는 언론 인터뷰에서 이런 말을 한 적이 있다.

"상대 선수와 경기가 끝난 뒤 악수하면서 존중을 표하는 걸 좋아합니다. 이는, 케이지 안에서 서로 '공유한' 무언가가 있기 때문입니다. 격투기는 육체적으로 힘을 쓰는 스포츠지만 매우 '정서적인' 측면도 있습니다. 어쩌면 나를 완전하게 이해해줄 수 있는 유일한 사람이 상대 선수일지도 모르거든요."

- 필자 역/ 해외 격투기 전문 매체 MMA FIGHTING 기사
<Why do fighters frequently show respect to each other
after MMA bouts?(2017.5.7.)>서 발췌

UFC에 진출한 최두호는 2016년 미국 선수 컵 스완슨과의 혈투 끝에 석패한다. 어찌나 처절하고 치열했던지 그 경기는

12월에 치러졌음에도 그해의 모든 시합들을 단숨에 제치고 '올해의 경기'로 선정됐다. 그런데, 그토록 맹렬하게 치고받았던 두 사람이 나중에는 서로 얼굴만 봐도 미소가 번지는 훈훈한 친구 사이가 되고 말았다. UFC 대회가 열리는 날 관중석 옆자리에 다정히 앉은 채로 함께 시합을 관전하는 모습이 중계 카메라에 잡히기도 했다. 그 둘만의 깊은 우정, 시쳇말로 '브로맨스'가 싹튼 것이다. 나중에 컵 스완슨은 유튜브 인터뷰 영상에서 이런 말로 그 감정을 설명한 바 있다.

"참 이상한 게, 경기 전에는 서로 글러브도 맞대기 싫었는데 경기가 끝나고 나니까 달려가서 그냥 '안아주고' 싶었어요."

안아주고 싶다는 그 마음, 바로 거기에 '존중'이 있었을 것이다. 다른 어떤 설명도 필요 없는 순수 그 자체의 존중 말이다.

피 튀기는 파이터들의 예를 들어 존중과 화해를 말하는 건 상당히 역설적이긴 하다. 그러나 소위 키보드 워리어, 디지털 파이터가 넘쳐나는 이 시대에, 진짜배기 아날로그 전사들의 뒤끝 없는 존중 의식은 그 자체로 돋보이는 측면이 있다. 지금 우리 사회는 '존중' 반대편의 것들로 몸살을 앓고 있지 않은가. 다름을 인정하고 경쟁자를 포용하는 것이 아니라 다름을 혐오하고 경쟁자를 증오하는 문화 말이다. 온라인 소통 공간을 보면 서로 죽이지 못해 안달난 살풍경을 24시간 목격할 수 있다. 집단 혐오와 증오 범죄가 뉴스를 장식한 사례들은 굳이 열거하기도 지칠 정도다. 그렇기 때문에 실존 공간에서 펼쳐지는 정정당당한 승부와 깨끗한 승복, 거기에 따뜻한 포옹까지 더해지는 스포츠의 존중 문화는 더 빛나 보일 수밖에 없다.

마지막으로 UFC 파이터 지미 리베라의 얘기를 결론으로 갈음하고자 한다. 앞서 언급한 해외 매체 인터뷰 기사의 또 다른 주인공 가운데 하나다.

"경기 전에는 욕을 하고 무슨 말이든 할 수 있지만 경기가 끝나면 '좋은 시합이었어!' 이렇게 격려하면서 악수를 합니다. 그거면 되는 거예요. 존중받으려면 존중을 해야 합니다. 그것이 저의 지론입니다."

둥근 자리

저는 친한 사람들과의 술자리 장소로 드럼통 테이블이 있는 곳을 좋아합니다. 주로 근 고기나 부속 고기, 돼지 껍데기, 곱창 따위를 파는 곳이 그렇지요. 레트로, 복고, 아날로그 감성, 뭐 그런 것은 아니고, 그냥 둥근 테이블 자체가 좋은 겁니다. 사각 테이블은 어떤 식으로든 '각'을 잡고 앉는 느낌인데 원형 테이블은 두루뭉수리, 둥글게 앉을 수 있어 좋거든요. 사각 테이블은 저 맞은 편, 반대편으로 내 친구가 앉게 되는데 원형 테이블은 그게 내 앞이기도 하고 내 옆이기도 하고, 뚜렷한 경계가 없다고 할까요? 사람이 '가깝게' 느껴지는 자리, 바로 드럼통 테이블의 매력입니다.

양철이 반짝거리던 '도라무통' 테이블은 그 옛날 대폿집의 상징이기도 했습니다. 우리 시대의 아버지들은 월급날이면 그런 곳을 경유해 소주 냄새를 폴폴 풍기며 귀가하셨죠. 그 시절 아버지들 양복 품에 들어있던 월급봉투는 지금처럼 '입금 당일 증발되고 마는' 온라인 급여계좌와는 뭔가 달랐습니다. 손으로 만질 수 있는 돈이 왠지 모이기도 더 잘 모이는 걸까요? 그게 차곡차곡 쌓여 우리들 밥값이 되고 학비도 되고 나중엔 소박하나마 '집 한 채'도 되곤 했습니다. 요즘엔 어디 그런가요. 한 푼 안 쓰고 월급을 다 모아도 서울서 집 사는 데 몇십 년이라지요. 통계와 팩트만 놓고 봐도 희망이 많이 쪼그라든 시대인 것만은 분명합니다. 그래도 줄어든 희망의 빈자리를 채워주는 건 나의 가족이고 친구이고 결국 사람입니다. 그 사람의 온기를 더 살갑게 느낄 수 있는 자리가 바로 둥근 탁자, 드럼통 테이블입니다.

어느 날 고개를 들어 봤더니 둥근 자리에 마주한 내 친구는 술이 많이 약해져 있었습니다. 그건 저도 마찬가지죠. '각 2병' 하던 소주 주량은 한 병으로 줄었고 삼겹살도 각자 1인분이면 족하게 됐습니다. 더 이상은 소화해낼 능력이 안 되는 것이지요. 나이가 들면 장기가 제일 먼저 늙는 것이 느껴집니다. 그런 내 친구 모습에서 이제는 나의 아버지도 보이고 나도 보이고 미래의 내 아들 모습도 보입니다. 어찌 된 일인지 이 둥근 '도라무통' 테이블에서는 피아 경계가 자꾸 사라지는 느낌이랄까요? 그것은 술을 많이 마셔서인지 시간을 많이 마셔서인지 나는 잘 모르겠습니다.

뒷담화를 대하는 우리의 자세

살다 보면 이런 일도 겪고 저런 일도 겪는다. 제일 견디기 어려운 건 '억울한' 일이다. 슬픔은 언젠가는 시간으로 치유되지만 통한의 감정은 자연 소멸하기가 어렵다. 그럼에도 분함을 떨치고 일어나야 하는 건 그것만이 가해자를 이기는 길이기 때문이다.

삶은 누명과 원통의 연속. 그에 맞서는 우리의 자세는 '의연'이다. 괴로운 마음에서 빨리 벗어나지 못하는 건 가해자에게 승리를 선물하는 거나 마찬가지다. 남에게 추악한 누명을 씌우는 자는 상대가 괴로워하는 걸 보는 게 궁극의 즐거움이다.

무심코 던진 돌에 개구리는 맞아 죽는다는 말이 있다. 그러나 사람 사이에는 '무심코' 던진 돌은 별로 없다. 누군가 딱 조준해서, 당신을 딱 겨냥해서 던진 돌인 경우가 많다. 우리를 괴롭히는 험담, 공격, 모함 같은 것들은 처음부터 의도를 가지고 던진 돌이다. 맞고 죽으라는, 혹은 맞고 아파하라는 의도로 말이다. 그렇기 때문에 그 의도대로 맞춰주면 안 되는 것이다. 상대의 저열한 공작에 성공이라는 보상을 안겨서는 안 된다. 우리는 죽지도 말아야 하고 아프지도 말아야 한다. 그러려면 되도록 무시하고, 자꾸 곱씹지를 말아야 한다. 그게 안 되면 우울하고 불안한 감정에 시달리다 댓글 공격, 모해 같은 걸 견디지 못해 삶을 내려놓는 일까지 발생한다. 공격했던 자는 숨어서 쾌재를 부를지도 모른다. 처음부터 의도했던 바가 그것이므로.

살아보니, 나 없는 데서 내 얘기를 좋게 한다 해서 꼭 나를 좋아하는 것도 아니고, 내 얘기를 나쁘게 한다 해서 꼭 나를 싫어하는 것도 아니더라. 모인 자리에서의 험담은 버릇과도 같은 것이어서 그냥 아무 생각 없이 서로 맞장구쳐주는 것일 수도 있고 그저 배설하듯 소비하는 말일 수도 있다. 그러니 나는 누가 내 '뒷담화'를 했다 해서 그를 증오하는 데 기력을 쓰지 않는다. 험담은 돌고 돌아 결국 내 귀에 들어오기 마련이지만 그대로 다시 스르르 빠져나가게끔 한쪽 귀를 열어둔다. 자신을 헐뜯는 사람에 대해 적절히 경계하는 것은 필요하지만 그보다는 무시가 상수上手인 것이다. 그저 무시하고 잊어버릴 줄 아는 사람만이 최후의 승자가 된다.

제2장

사랑하고 헤어지고, 사랑하고

자랑스럽게 너를 기억해

등 돌리고 떠나간 연인은 두고두고 괘씸한데
등 보이며 떠나간 자식은 두고두고 가련하다.
사랑하다가도 미워지는 사람이 있고
미워하고 싶어도 끝내 사랑하게 되는 사람이 있다.
당신은 어떤 사랑을 마음에 품고 있는가?
어느 사랑이 진짜라 말할 수 있는가?

처음에만 '사랑스러운' 사람 말고
마지막까지 '자랑스러운' 사람이
진짜 사랑한 사람이다.

이문세의 노래 가사 중에 이런 구절이 있다.
"자랑스럽게 너를 기억해."

곡의 제목은 〈영원한 사랑〉이다.

헤어진 뒤에도 자랑스러운 사랑이

영원한 사랑이 되는 것이다.

환상통

신체의 일부가 잘려 나갔는데도 마치 계속 거기 있는 것처럼 통증을 느끼는 걸 '환상통'이라고 한다. 손가락, 발가락, 손, 발, 팔, 다리…. 사라지고 없는 것이면 아무 감각도 없어야 맞는 건데, 여전히 통증이나 가려움증을 느끼는 경우가 있다. 심리가 육체를 지배하는 것이다.

그런데 환상통은 신체적인 것뿐만 아니라 사람 대 사람의 관계에서도 유발되는 것 같다. 너무 아픈 이별을 경험한 사람이 그 후유통증으로 다른 사랑에 쉽게 마음을 열지 못하는 경우 말이다. 나를 아프게 했던 이별의 대상은 내 곁에서 이미 사라진 존재임에도, 그가 남긴 상처가 환상통처럼 남아 다른 사랑까지 하지 못하게 막는 것이다. 좋은 사람이 다가와도 주저하고, 경계하고, 뒷걸음질 치고…. 새 사랑이 시작하기도 전에 그 종말부터 지레짐작하고 두려워하게 만든다.

그러나 절단된 몸이 내 것이 아니듯 떠난 사람도 더 이상 내 인생에 결속되지 않은 존재다. 그가 남긴 통증도 실체가 없는 것으로 보는 게 맞다. 그 환상통에서 빨리 빠져나와야 우리는 새로운 사랑에 문을 열고 인생의 텃밭을 다시 다질 수 있는 것이다. 실체 없는 두려움은 기회의 창을 가려버리는 암막 커튼으로 작용하는 법. 인간관계의 환상통은 결국 그 두려움에 맞닿아 있는 것이고 그것은 인연을 가로막는 장막이 된다.

따뜻한 이별, 냉정한 사랑

전작 수필 〈따뜻한 냉정〉이 나왔을 때 사인 문구로 가장 많이 적어드렸던 것이 '따뜻한 이별, 냉정한 사랑'이었습니다. 그러자 많은 분들이 고개를 갸웃하며 궁금해하셨습니다. 왜 '따뜻한 사랑, 냉정한 이별'이 아니라 그 반대냐는 것입니다. 이별이 어찌 따뜻할 수 있냐, 사랑을 왜 냉정하게 하나, 질문은 끊이질 않았습니다. 혹시 '반어법' 아니냐고 묻는 분도 계셨는데 사실 반어법은 아니고 제 생각 그대로입니다. 저는 이별이 오히려 따뜻해야 하고 사랑은 냉정해야 한다고 믿는 사람입니다.

통상의 이별은 대저 따뜻하지 않은 게 사실입니다. 차갑고 어둡고 아픕니다. 그런데, 그렇게 헤어지고 나면 남는 건 고통이나 허무, 후회 같은 것들밖에 없습니다. 부정적인 감정에만 휩싸인 채로 맞는 이별은 앞선 사랑 자체를 부정적인 기억으로 변질시킵니다. 현실에서 상당수의 사랑이 그런 수순을 밟습니다. 결말의 패턴은 거의 정형화되어 있습니다. 이혼한 부부들은 그 극단을 겪는 사례입니다. 사랑이 있던 자리에 미움만 남게 됩니다. 냉정이면 차라리 다행인 것이고 증오로 가는 일이 더 많습니다. 서양 사람들은 이혼한 후에도 쿨하게 서로 안부를 묻고 각자의 생을 응원해주는 경우가 있습니다. 그런 풍경을 보다 보면 부럽기도 합니다. 관계를 마무리하는 그들의 방식, 그 여유가 말이지요. 이별이 따뜻함으로 남는 것은 그런 여유가 만들어내는 축복입니다. 마음의 여유로 따뜻한 이별을 만든다는 건 앞선 사랑을 최고의 경지로 끌어올려 주는 미덕이기 때문이지요.

배려와 존중, 이런 것들이 여유로운 마무리를 만들고 그렇게 정리된 관계는 서로 멀어지더라도 온기를 유지합니다. 그래서 따뜻한 이별을 한 번쯤 생각해보자는 겁니다. 우리는 살면서 사랑하고 헤어지는 일들을 숙명적으로 반복합니다. 남녀뿐만이 아니지요. 친구도 그렇고 가족도 그렇고 직장 동료도 그렇습니다. 그런데 그 많은 이별이 모두 '차가움'으로만 남는다면 인생은 얼마나 슬프고 허망할까요? 반면, 따뜻함으로 남는 이별은 생에 쌓일 후회의 찌꺼기를 덜고 앞으로 맞이할 새 인연에 자양분이 되어줄 겁니다.

현실 이별이 대체로 냉정하고 차가운 반면 현실 사랑은 들끓고 뜨거운 경우가 많습니다. 따뜻함을 넘어 '너무 뜨거운' 온도로 말이죠. 물론 한창 좋을 때는 함께 뜨거워서 나쁠 게 없습니다. 나쁘기는커녕 오히려 달콤함을 배가시키지요. 혼자 뜨거운 게 아니라 함께 뜨거우면 까짓거 같이 녹아버리면 되는 거 아니겠습니까? 헌데 너무 빠른 속도로 임계점에 오른 사랑은 식을 때도 극단적인 속도로 식어버립니다. 전속력 달리기의 끝은 거의가 탈진입니다. 서서히 호흡을 고르며 달리는 마라톤이나 조깅과는 분명히 다르지요.

또한 너무 뜨거운 사랑은 '평정'을 유지하기가 어렵습니다. 평정이 왜 중요하냐면, 그걸 놓을 경우 왜곡된 집착이 발생할 수 있기 때문입니다. 질투와 의심, 소유욕, 과도한 애착…. 남녀가 서로 좋으면 그냥 뜨겁게 불타오르다 산화하면 되지 굳이 왜 평정을 가져야 되냐고 물을 수도 있는데, 그런 질문을 받으면 딱히 반론할 요량은 없습니다. 사랑은 어차피 주관의 영역이니까요. 각자가 생각하고 그리는 사랑이 저마다의 색깔로 천차만별입니다.

다만 너무 뜨겁게 달아올랐던 사랑, 서로 죽자고 달려들었던 사랑이 어떤 결말로 끝났는지는 각자의 기억을 되짚어볼 일입니다. 활화산처럼 타오르고 폭발적으로 분출해버리는 사랑, 식으면 결국 차가운 '재'가 됩니다. 재만 남은 공터의 색깔은 마땅히 잿빛일 수밖에 없습니다.

예측 불가인 사람을 만나지 마세요

인간은 본능적으로 '비非정형'의 인간에게 끌리는 모양입니다. 뻔히 예측되는 방향으로 움직이지 않는 사람, 그 마음을 넘겨짚을 때마다 보기 좋게 '오답'을 선고하는 사람, 내 기대 범주의 바깥쪽에 서 있는 사람은 늘 매력적입니다. 속마음과 행동 패턴을 알 수 없으니 그는 신비의 영역에 있고 그것이 나의 눈을 더 멀게 만듭니다. 하지만 그런 사람은 상대의 영혼을 갉아먹기 십상이지요. 특히 한 쪽에서만 일방적으로 '마음'을 주었을 때요. 그는 당신을 괴롭히려고 괴롭히는 게 아니라, 아무 의도도 고려도 없음으로써 당신을 괴롭게 만들 겁니다.

왜 그런 사람 있지요? 나의 교신이 닿는 곳에서 성실히 소통에 응하다가도 어떤 날은 증발해버린 듯 감감무소식인 사람. 내 마음 깊숙한 곳에 따스한 손길을 갖다 댔다가도 언제 그랬냐는 듯 그 손의 온기를 확 거두는 사람… 그랬다가는 또 손을 내밀고, 그랬다가는 또 슬그머니 거두고… 그런 사람을 만나지 마세요. '항상성'이 없는 사람은 결코 당신 곁에 일관된 존재로 서 있으려 하지 않습니다. 당신뿐만 아니라 수많은 사람들을 그렇게 대할 공산이 큽니다.

인간은 주변 사람들과 함께 '주연'으로 어우러져 살아가려는 사람과 주변 사람을 '조연'으로 만들어 혼자만 주연이 되려는 사람으로 나뉩니다. 그것은 집단 내에서만 아니라 1:1 관계에서도 마찬가지입니다. 같이 주연으로 산다는 건 결국 '의리'를 요하는 일입니다. 의리의 필요충분조건은 항상성이고요. 의리란 무슨 깡패들 사이의 교범 같은 게 아닙니다. 모든 인간관계의 필수 덕목이죠. 그것이 친구든 연인이든 부부든 사업 관계든 뭐든 간에요. 동성 간에만 중요한 게 아니라 이성 간에도 중요합니다. 의리가 없는 사람은 관계에 항상성이 없으니 언제 어떻게 돌아설지 모릅니다. 그의 행동은 우리의 예측을 허용치 않아요. 그런 사람을 만나지 마세요. 만나더라도 너무 마음을 쏟지 마시고요. 정녕 구도자의 길을 가려는 게 아니라면.

어불성설

'데이트 폭력'이라는 말은 잘못됐다. 잘못되어도 한참 잘못됐다. 데이트란 말이 폭력의 의미를 순화시킬 수 있기 때문이다. 남녀 간 폭력, 연인 간 폭력 등으로 바꿔 쓰는 게 맞지 싶다. '데이트 강간'이라는 표현도 있는데 마찬가지로 데이트라는 말과 강간이라는 말 사이의 간극이 크다. 성관계라는 게, 데이트라면 당연히 합의에 의해서, 강간이라면 강압에 의해서 이뤄지는 것인데 그 둘(데이트와 강간)을 하나의 표현으로 묶어 쓰니 어폐가 생기는 것이다. '데이트 하다 보면 그럴 수도 있지.' 라는 어처구니없는 사고 구조도 언어로부터 형성되는 무의식과 무관치 않을 것이다. 폭력은 폭력이고, 성범죄는 성범죄일 뿐이다. 그 행위의 본질에는 어떤 부연도 필요 없는 것이며, 어떤 관계에서 발생했는지도 중요치 않다. 데이트 중에 우발적으로 범죄가 발생했다? 그렇다면 그때부터는 '데이트'는 빠지고 '범죄'만 남아서 오직 그 문제로만 조명되어야 온당한 것이다.

'원조 교제'도 어불성설인 건 마찬가지다. 원조라는 말과 교제라는 말, 둘 다 잘못됐다. 성인이 미성년자의 성을 '착취'하는 것이 이 관계의 본질이다. 그런데 '원조'라는 정 반대의 개념어를 갖다 쓰니 앞뒤가 맞지 않는다. 누가 누굴 원조한다는 것인가? 돈 몇 푼을 쥐여주는 것이 '도움'이라는 것인가? 교제라는 말은 또 어떤가. 그 둘의 관계가 어찌 교제란 말인가. 거듭 말하지만 이것은 '착취'다. 교제란 '서로 사귀어 가까이 지냄' 등의 사전적 뜻을 갖고 있다. 성인 남성과 미성년 소녀가 돈을 미끼로 관계 맺는 것이 어찌 '사귐'인가. 잘못돼도 완전히 잘못된 표현이다. 원조 교제를 정확한 뜻으로 바꿔 쓰면 '미성년자 성 착취', 또는 '미성년자 성 매수'다. 매수라는 말도 그리 탐탁지는 않다. 미성년자의 몸을 '사고파는' 대상으로 여기는 그릇된 인식이 심어질 수 있기 때문이다.

최근에는 '조건 만남'이라는 표현도 많이 쓰는데 그 말도 사용하지 말아야 한다. 일단 만남이라는 말 자체가 억지다. '만남'이란, 사람 대 사람이 대등한 관계로 접촉하는 걸 본질로 삼아야 하는데 어찌 이런 착취 관계에 그 용어를 쓸 수 있는가. 또한 '조건'이라는 말에도 함정이 있다. 성을 돈으로 갈취하는 행위를 마치 정상적인 조건 가치의 교환인 것처럼 포장할 수 있기 때문이다. 급기야 청소년들은 이 표현에서 아예 '만남'이란 말도 떼어버리고 '조건'이라는 약어만 쓰기도 한다. '조건 뛴다, 조건 한다' 등의 표현을 쓰는 것인데 그 말에는 어떤 죄의식도, 수치심도, 동시에 피해 의식도 없어 보인다. 용어에 무감각해지면, 그 용어가 가리키는 행위의 본질에도 무감각해지는 것이다.

명현 현상

사람 마음이 참 간사하다. 그렇게 아끼고 좋아하다가도 돌아서면 '미움'이다. 사랑에서 혐오로 스위치가 바뀌는 데는 그리 오랜 시간이 걸리지 않는다. 남녀 간의 이야기가 아니다. 사실은 '담배' 이야기다.

나는 이십몇 년을 애연하다 겨우 끊었다. 그런데 금연에 성공하고 나니 담배가 그렇게 미워질 수가 없었다. 이제는 아주 꼴도 보기 싫은 지경이다. 다른 사람 손에 들려있는 것만 봐도 눈살이 찌푸려진다. 그 사람 입에서 연기로 나오는 걸 보면 아예 몸서리를 치게 된다. 그 사람과 나의 거리가 가까우면 혐오의 강도는 더 심해진다.

끊기 전엔 몰랐는데 끊고 나서 알게 되었다. 담배를 피우고 나서 엘리베이터에 올라타면 동승자들에게 얼마나 지독한 냄새를 풍기게 되는지. 버스 옆자리에 앉은 승객에게 얼마나 민폐를 끼치게 되는지… 끊기 전엔 정말 몰랐다. 내 몸에서 냄새가 난다는 것도 몰랐고 그것이 남들에게 얼마나 나쁜 잔향으로 기억되는지도 몰랐다. 내 입에는 맛있던 그 연기가, 타인에겐 그토록 참기 힘든 악취가 될 거라곤 상상도 하지 못했다. 담배를 피우지 않는 사람으로서 담배를 피우는 사람의 냄새를 맡아보니 비로소 깨우치게 된 것이다.

그러나 무엇보다 담배가 미워지는 건 내 몸에 남긴 '후유증'들 때문이다. 금연 이후 한동안 몸속에서는 정화 작용이 가동하게 되는데, 그 기간 동안 갖은 후유증들이 끈질기게도 따라붙는다. 대표적인 것이 기침과 가래다. 담배를 오래 피우다 끊어본 사람들은 알 것이다. 기관지로부터 얼마나 혹독한 '보복'이 이어지는지를…. 굳이 왜 보복이라는 표현을 쓰냐면, 그것 말고는 딱히 설명할 방법이 없기 때문이다. 정말이지 집요하다 싶을 정도로 괴롭힌다. 수개월, 많게는 수년에 걸쳐 끊임없이 잔기침, 잔 가래를 목구멍 위로 밀어 올린다. 흡연기간 동안 독한 연기에 나자빠져 있던 '섬모'들이 금연 후 조금씩 되살아나면서 생기는 부작용이다. 누웠던 섬모들이 다시 일어서면, 가래는 그 사이사이에 끼어있던 독 찌꺼기들을 긁어내 몸 밖으로 밀어낸다. 쌓인 독이 많을수록 그 과정은 오래도록 반복된다. 긁어내고 밀어내고, 긁어내고 또 밀어내고…. 가래는 거의 발작적이고 신경질적인 수준으로 끓어오르기도 한다. 기침은 또 어떤가. 자다가도 갑자기 벌떡 일어나 기침을 토해낼 때가 있었다. 기도 안쪽에서부터 켜켜이 쌓여있던 독성 물질들이 표독스럽게 솟구쳐 오르는 순간이다.

'명현 현상'이라는 한의학 용어가 있다. 장기간에 걸쳐 나빠진 건강이 호전되면서 나타나는 일시적 반응을 말한다. 근본치료가 이루어지는 징후로서, 이 반응이 강할수록 치료 효과가 높다고 한다. 그렇게 따지면 금연 이후의 기침 가래도 명현 현상에 해당한다. 그러니 그저 참고 받아들이는 수밖에 없다. 오랜 시간 지속되기 때문에 너무 괴롭기는 하지만 '업보'로 여기고 순응해야 한다. 미워해야 할 건 담배이지 내 몸이 아니므로.

사람이 어떤 식으로든 무언가에 미혹돼 몸이나 마음을 상하게 했다면 그에 상응하는 대가를 꼭 치러야 하는 법이다. 비단 담배나 술뿐만이 아니다. 사람 간의 관계에서도 이 법칙은 적용된다. 누군가에게 지나치게 빠져 스스로의 영혼에 생채기를 냈다면 회복될 때까지 부작용은 불가피하다. 부작용은 슬픔일 수도 있고 우울일 수도 있고, 어쨌든 혼자 감내해야 하는 것이다. 대상이 그 누구든, 무엇이든, 나의 미혹으로 자신에게 상처가 발생했다면 나는 반드시 그 업보를 치러야 한다. 결코 어물쩍 넘어갈 수 있는 게 아니다.

담배의 명현 현상을 관계의 명현 현상으로 한번 치환해보자. 누군가를 곁에 두고 애착하다가 홀연 떠나보내면, 그로부터 상처받은 마음이 정화되는 동안 우리는 마음이 부리는 온갖 투정과 보복을 견뎌야 한다. 마치 오염된 환경이 진통 끝에 정화되는 자연의 메커니즘과도 같다. 생채기 난 마음이 작정하고 주인을 괴롭히는 건 일종의 순리이다. '그래, 너는 그래도 된다.' 라고 생각하고 살살 달래가며 견뎌내는 수밖에 없다. 시간의 강을 따라 흘러가기만을 기다려야지 그 밖에는 달리 묘책이 없는 것이다.

우리는 스스로의 마음에 상처를 입힌 책임을 떠나간 사람이 아닌 본인에게 청구해야 한다. 그게 인지상정이고 인과응보다. 마음에 상처를 낸 그 사람이 한동안 원망스러운 것까진 어쩔 수 없다 쳐도, 그로 인해 열몸살 앓는 마음을 보듬어내는 건 결국 본인이 짊어질 업이다. 애당초 닫혀있던 빗장을, 마음의 공고한 문을 멋대로 열어젖힌 건 본인 아니던가. 그러니 열린 문 안으로 들이닥친 바람에는 죄가 없고, 그로 인해

요동친 마음에도 잘못은 없다. 죄가 있다면 오직 문을 연 자, '나'에게 있는 것이다.

떠난 누군가를 잠시 미워하는 건 괜찮다. 어차피 그는 자신이 미움받는 것조차 모를 테니까. 다 그렇게 각자의 길을 따라 흩어지고 만다. 다만, 필요 이상으로 오래 상대를 미워하게 되면 그의 '무반응'에 결국은 내 마음만 괴로워지고, 그것은 부메랑처럼 자기 자신을 괴롭힐 뿐이다. 이때, 상처받은 마음이 주인을 뒤흔든다 해서 자기 '마음'을 미워할 수야 있겠는가? 그저 상처를 다 토해내도록 기다려주고, 보듬어주는 수밖에…. 그래야만 마음도 나도 계속 '살아' 나가는 거고 그것이 결국 생존의 섭리에 다름없다.

지키지 못한 약속

2019년 추석 아침에 아버지는 쓰러지셨다. 신장 투석을 받으러 병원 갈 채비를 하다가 욕실에서 돌연 넘어지셨다. 넘어지면서 허리를 욕조 모서리에 부딪치는 바람에 척추에는 금이 갔다. 그렇게 아버지의 오랜 입원 생활은 그만 민족의 명절에 시작되고 말았다.

그 일로 아버지는 맨 처음 종합병원에 입원하게 됐지만 큰 병원은 대저 오랜 입원을 허용치 않는다. 상태가 웬만해지면 퇴원 통보를 내리고 그러면 환자는 집으로 가든 다른 병원으로 가든 선택해야 한다. 병원이 퇴원 결정을 내린 건 '생명에 지장이 없어서'이지, 환자 건강이 온전히 정상화됐음을 의미하는 건 아니다. 팔순 나이에 금이 간 척추는 쉽게 아물 수 있는 것이 아니고, 아버지는 결국 걸을 수 없는 상태로 병원 문을 나서게 된 것이다.

난감한 것은 아버지가 척추 치료는 둘째 치고 주 3회 신장 병원에 가서 투석을 받아야 한다는 점이었다. 당뇨 합병증으로 신장이 망가져 오래전부터 그렇게 해온 터였다. 그 점만 아니면 집으로 모셔 간병해 드릴 수도 있었는데, 옴짝달싹 못하는 분을 일주일에 세 번씩 투석 병원으로 모시고 가는 건 가능한 일이 아니었다. 결국 우리는 투석과 간병을 한 곳에서 해결할 수 있는 시설을 찾게 되었고 마침 내가 사는 집 근처에서 그런 요양병원을 발견하였다. 그래서 아버지는 종합병원에서 '퇴원' 하자마자 곧장 그 요양병원으로 다시 '입원'을 하시게 된 것이다. 같은 날 잇따라. 숨돌릴 틈도 없이 말이다. 어머니는 집으로 오지 못하고 또다시 낯선 곳으로 가야 하는 아버지에게 그 결정의 불가피성을 설명하면서 눈물을 한 바가지는 쏟으셨다. 그때 먼 곳을 무심히 응시하며 얘기를 듣던 아버지 눈에도 눈물이 고인 것을 나는 보았다.

입·퇴원 당일, 두 병원을 오가며 모든 절차를 마무리한 뒤 사설 구급차까지 불러 아버지를 새 병실로 모시자 어느덧 날은 오후가 되었다. 아침 점심을 내리 굶은 나와 어머니는 근처 중국집에 들어가 볶음밥을 시켜 먹었다. 마침 그날 개업했다는 중식당에는 입구부터 화환이 늘어섰고 문 밖에선 '각설이 품바' 2인조가 호객 공연을 하고 있었다. 남자는 엿가위를 신명 나게 돌리고 여자는 북 치고 장구 치며 노래를 부른다. 노래는 오래된 노래, 최헌의 〈오동잎〉… 운명은 얄궂고 야속한 것이어서, 마침 그 노래는 아버지가 강건하던 시절에 즐겨 부르던 곡이었다.

"오동잎 한잎 두잎, 떨어지는 가을밤에
그 어디서 들려오나, 귀뚜라미 우는 소리
고요하게 흐르는 밤의 적막을
어이해서 너만은 싫다고 울어대나
그 마음 서러움을 가을바람 따라서
너의 마음 멀리멀리 띄워 보내 주려무나."

이 육중한 가사의 노래에 각설이들은 흥을 돋우는 추임새를 넣어가며 최대한 경망스럽고 방정맞게 곡의 분위기를 반전시킨다. 눈물에 밥을 말아 먹다시피 한 어머니가 식당 밖으로 나와 그 각설이 앞에 한참을 서 계신다. 속 모르는 천진한 품바가 희죽 희죽 웃어대며 어머니에게 손을 흔들어대고, 어머니는 시선만 품바에게 고정해 둔 채 목소리는 나를 향하게 하여 두 가지를 말씀하셨다.

"저 노래 부른 최헌도 진즉에 죽었지?"
"다리만 안 아프면 저 각설이 대신 내가 저기 들어가서 춤추고 싶은데. 미친 사람처럼….”

요양원, 요양병원은 대개 치매나 중풍, 골절 환자 등이 입원한다. 무슨 종류의 환자건 본인은 거의가 입소를 거부하고 강하게 저항한다고 했다. 아버지는 그러지 않으셨다. 덤덤히, 그저 한 말씀만 덧붙이셨다.

“이제 들어가면, 나 다시는 못 나오겠지? 죽을 때까지?”

나는 아니라고, 허리만 나아 걸을 수 있게 되면 곧 모시고 나올 거라고 답했다. 평생을 그래왔듯, 아버지는 소리를 내어 울거나 슬픔을 표정에 실어 분출하지 않으신다. 내가 그 말을 하고 있을 때 아버지는 병원 휴게실 TV에 나오는 개그맨 유재석의 깨방정 예능만을 물끄러미 바라보고 계셨다.

나의 집과 가까운 요양병원을 택한 것은 어쩌면 나의 오판이었을지 모른다. 나는 그날 이후로 상당 시간, 집을 들고 나서는 모든 길목에서 아버지가 계신 곳을 마주하게 되었다. 출근을 하건 퇴근을 하건 밥을 먹으러 가든 술을 먹으러 가든 나는 예외 없이 아버지가 계신 병원을 지나쳐야 했다. 물론 거의 매일 그 병원을 따로 찾아가서 문안을 드리곤 했지만 그 외의 시간에도 계속 그 앞을 지나쳐야 한다는 것은 이루 말할 수 없이 무거운 일이었다.

그 병원에서도 아버지는 안정적으로 머무시지는 못했다. 척추 말고도 몸 곳곳에 연쇄적으로 탈이 생겨 종합병원 응급실과 중환자실을 수시로 오가셔야 했다. 침상에서 일어나지도 못하고 산소 튜브까지 꽂아야 하는 환자를 이송하는 일은 늘 사설 구급차의 호출을 요한다. 7만 원 남짓한 비용에 그들은 번개같이 달려와 환자를 이송한다. 팔순을 목전에 둔, 당신 자신도 환자인 어머니가 보호자 격으로 구급차에 같이 타고 또 다른 보호자인 나는 내 차를 몰아 구급차를 뒤쫓는다. 교통 신호와 차선을 무시하며 내달리는 응급차를 나는 잘 따라잡지 못한다. 나의 차는 어느 시점에서 아버지를 놓치고 덩그러니 빨간불 앞에 서 있거나 좌회전으로 꺾이어 멀어지는 차 뒤에서 물끄러미 꽁무니만 바라본다. 요란한 사이렌 소리와 함께 중환자인 아버지가 멀어지고 중환자에 준하는 어머니도 함께 멀어진다. 두 환자가 나란히 앞서간다. 나는 그분들을 붙잡을 도리가 없다…….

시간도 병세도 붙잡을 수가 없는 것이어서 추석에 입원한 아버지는 이듬해 설을 지나도록 내리 병실 안에만 갇혀 계셔야 했다. 누워만 있는 몸에는 욕창이 생겼고 다리 근육은 모두 빠져버려 영영 걷지를 못하고 계셨다. 입원실의 너른 유리창 밖으로 낙엽은 흩날리고 눈발이 떨어지고 어느덧 새싹의 기운이 움트고 있었는데, 아버지는 그 사이 치매와 섬망증까지 추가돼 더 이상 계절의 변화도 잘 인지하지 못하셨다. 세월이 무심히 제 갈 길을 가는 사이, 곧 집으로 모시겠다던 나의 약속은 지키지 못한 약속이 되고 있었다.

제3장

우리 앞에 남은 시간

잠들어 있는 시간

늙으면 잠이 없어진다고 노인들은 말한다.

노화에 따른 신체적 작용도 있겠지만, 어쩌면

'깨어 있을' 날이 얼마 남지 않았기 때문일지도 모른다.

인간은 생의 1/3을 잠으로 보낸다.

생각해보면 참으로 섬뜩한 일이다.

90년을 산다고 치면

30년을 잠으로 허비하는 셈이니 말이다.

나머지 맨정신으로 깨어있는 60년의 생이

덧없이 저물어갈 때, 노인들은

잠으로 그 남은 시간을 마저 갉아먹기가

두려운 것일지 모른다.

역설의 죽음

'방어를 퍼붓는다' 라는 말이 있었습니다. 역설적이죠. 공격을 퍼붓는 것도 아니고 방어를 퍼붓다니…. 전설적인 한 복싱 선수에게 부여됐던, 일종의 닉네임 같은 것이었습니다. 퍼넬 휘태커. LA올림픽 금메달리스트였고 프로복싱에서도 4체급을 석권했던, 제가 매우 좋아하던 복서였습니다. 워낙 펀치 회피 기술이 좋아 그런 묘사가 늘 따라붙었습니다. '방어를 퍼붓다'… 상대가 던지는 거의 모든 주먹을 피함으로써 공격을 무력화했던 그는 만화에 가까운 탈 인간적 방어 능력을 보여주곤 했습니다. 상대 선수에게는 그 자체로 가장 무서운 공격이나 다름없었지요. 헛주먹만 휘두르다가 제풀에 지쳐 쓰러지게 만들었거든요. 방어가 공격이 되고 피함이 쓰러뜨림이 되는 경지는 아무나 도달할 수 있는 게 아니었습니다. 무협지에 나오는 무림 최고수가 그런 경지였을까요? 1990년대를 살았던 당대의 지구인 가운데는 아마 이 사람이 가장 거기에 근접해 있었을 겁니다.

그런데 그 위풍당당하고 의기양양하던 휘태커가 2019년 어느 날 돌연 세상을 떠납니다. 55세, 아직 한창때의 나이였습니다. 선수 시절 당최 맞지를 않았기 때문에 다른 복서들처럼 펀치 드렁크[1]도 없었고 지병도 없었는데, 허무한 교통사고로 생을 마감한 겁니다. 그것도 고향 마을에서 길을 건너다가 차에 치였다는군요. 세상에… 그 작고 빠른 주먹들을 눈앞에서 다 피해내던 그가, 자신을 향해 달려오는 그 큰 차 하나를 피하지 못했나 봅니다. 본인의 운명에 대해서는 '방어를 퍼붓지도', 회피하지도 못한 셈이지요.

사람의 생과 사란 두말할 것도 없이 허망한 것이지만 휘태커의 그 아이러니컬한 죽음을 접하며 새삼 깨닫습니다. 아무리 강한 사람도 죽음 앞에서는 깃털 같으며 어떤 허무한 끝을 맞을지 모른다고 말입니다. 그러니 지금 이 순간 말고 더 중한 건 어디에도 없다고 우리는 스스로에게 주문을 불어넣어야 합니다. 살아있는 건 오직 '이 순간' 뿐이며 그 다음을 확약할 수 있는 사람은 아무도 없습니다.

---

1 punch drunk. 복싱선수와 같이 뇌에 많은 충격과 손상을 받은 사람에게 주로 나타나는 뇌세포손상증. 혼수상태·정신불안·기억상실 등 급성 증세를 보이기도 하고, 치매·실어증·반신불수 등 만성 증세가 나타나기도 하며, 심한경우에는 생명을 잃기도 한다. / 두산백과

인생이라는 파도

바닥까지 가본 사람들은 말한다.

결국 바닥은 보이지 않는다고

바닥은 보이지 않지만

그냥 바닥까지 걸어가는 것이라고

바닥까지 걸어가야만

다시 돌아올 수 있다고

- <바닥에 대하여>, 정호승

요즘 정말이지 견디기 어렵다는 분들의 탄식이 여기저기서 터져 나오고 있습니다. 택시를 타도, 중요한 모임엘 가도, 친구를 만나도, 친척을 만나도, 많은 분들이 한숨 일색입니다. 돌이켜보면 지금이 꼭 제일 힘든 시절은 아닐지도 모르겠지만, 사람에게는 '이 순간'이 발등의 불이고 지금의 고난이 당면한 최대의 고통입니다.

하지만 나라가 무너지는 것 같았던 IMF도, 세계가 송두리째 흔들리는 것 같았던 금융위기도, 다 지나갔습니다. 인간은 어떻게든 지혜를 짜내어 상처를 수습해 왔습니다. 영화 〈인터스텔라〉에서도 말합니다.

"우리는 어떻게든 방법을 찾아낼 것이다."

그러니, 힘을 내시기 바랍니다. 결국은 시간이 모든 것을 해결해주게 되어있습니다. 파도를 타고 물결의 바닥까지 내려갔다면 그 파도에서 뛰어내려 스스로 가라앉지 않는 한 반드시 위로 다시 솟게 되어있습니다. 처음 올라탄 것이 파도의 맨 위였건 중간이었건 바닥이었건, 그것은 중요치 않습니다. 중요한 것은 그 파도가 언젠가는 다시 위로 솟는다는 것입니다.

인간의 삶도 마찬가지입니다. 위에서 태어났건 중간에서 태어났건 바닥에서 태어났건, 인생이라는 파도는 언젠가는 그 전체가 위로 솟게 되어있어 누구에게든 치고 올라갈 기회가 주어집니다. 이것은 전 우주를 지배하는 순환의 법칙입니다. 오르내림은 부침浮沈의 반복일 뿐, 한쪽으로만 영원히 가라앉는 소용돌이가 아닙니다. 세상이 붕괴될 거라고, 당신도 무너질 거라고, 미디어가 불어대는 마술피리에 휘말리지 마세요.

스스로를 내던지는 쥐 떼의 행렬에 동참하지 마세요.

"강한 놈이 오래가는 게 아니라
오래가는 놈이 강한 거더라."

영화 〈짝패〉에 나오는 대사입니다. 여기서 오래가는 자란,
그저 물속으로 뛰어들지 않고 끝내 버티는 자를 말합니다.

견디고 올라오십시오.
순환의 법칙에는 '어김'이 없습니다.

삶의 요약

책을 내면 표지 한 구석에 작가 소개가 실립니다. 살아온 삶을 단 몇 문장으로 압축해 놓은 '인생 요약본'이지요. 그걸 들여다보는 기분은 참으로 묘합니다. 온갖 경력과 발자취를 있는 대로 다 집어넣어 최대한 늘리고 부풀리는 '이력서'와는 또 다르죠. 인생은 한도 끝도 없이 장황하고 구구절절한 것 같다가도 축약하자면 단호할 만큼 간소해집니다.

나고 자랐다.
힘들었다.
살아냈다.
죽었다.

이게 다가 아닐까요? 어느 누군들 이 틀에서 벗어날 수 있을까요? 물론 '힘들었다, 살아냈다.'의 과정 가운데 수많은 사연과 오르내림이 있겠지만 결론은 똑같이 귀결됩니다. 죽음…. 묘비에는 누구나 이름 석 자만 남습니다.

이렇듯 모두가 덧없고 유한한 존재인데 누군가는 또 글을 써서 남의 인생에 육박해 들어가고자 합니다. 일전에 소설가 김훈 선생님께서 제 책에 써주신 추천사 말씀대로, 말하고 듣는(쓰고 읽는) 일은, 사람 대 사람의 '삶이 포개지는' 일입니다. 가엾은 삶에 가엾은 삶이 다가가고, 유약한 생에 유약한 생이 겹쳐집니다.

나약한 인간에게 똑같이 나약한 인간이 감히 영향을 미치려 드는 것이니 글 쓰는 이는 늘 겸손해야겠습니다. 제 잘난 맛에 취해있어서는 안 될 일입니다. 삶을 이야기하고 세상을 논하는 데 있어, 작가라고 뭐 대단한 자격을 따로 갖추고 있는 건 아니거든요. 잘났건 못났건, 무슨 일을 하건, 인생 요약본은 대저 비슷한 법입니다. 나고 자라고, 힘들고 견디고, 그러다 죽는다는 삶의 숙명적 굴레… 이것은, 쓰는 자든 읽는 자든 대문호든 시정잡배든 누구에게나 똑같이 적용됩니다. 그러니, 너와 내가 다를 바 없고 우리는 다 같이 가련하다는 생각으로부터 쓰기건 읽기건 시작해야 하는 것입니다.

장례식장의 웃음

장례식장에서 돌아오는 발걸음은 늘 무겁다. 빈소에서 내어주는 육개장도 맛있고 못 보던 지인들을 만나 간만에 문안을 나눈 것도 좋았으나, 일면식도 없었던 고인의 영정이 남긴 잔상과, 그 고인의 죽음을 어깨 위에 짊어진 상주의 쓸쓸한 배웅이, 돌아오는 길의 하늘을 끝내 잿빛으로 만들고 만다. 상주는 언젠가의 나이고, 고인은 언젠가의 내 어머니·내 아버지이다.

어렸을 땐 상가에서 왁자지껄 소란을 떨거나 고스톱, 술판을 벌이는 어른들을 이해하지 못했다. 그러나 나이 들수록 그 소란스러움의 가치를 배워간다. 빈소는 시끄러워야 한다. 파안대소가 터져 나와야 한다. 적막은 죽음의 재확인이다. 문상객들은 상주가 슬픔을 잊을 수 있도록, 웃고 떠들고 부산스러워야 한다. 침묵 속에서 슬픔을 각인시키거나 눈물로 진을 빼는 것은 도움이 되지 않는다. 조문객 한 사람이라도 울기 시작하면 유가족들은 억눌렀던 울음을 일제히 토해낸다. '토해낸다' 라는 표현 외엔 달리 묘사할 말이 없을 정도로 뱃속 저 깊은 곳에서부터 슬픔을 긁어 올려 통절하게 내뱉는다. 입으로 눈으로 코로, 얼굴의 모든 구멍으로 아픔을 게워낸다. 그렇게 한참을 울게 되면 상주는 맥이 빠져버린다. 기가 소진된다. 빈소의 울음은 정화의 울음이라기보다 탈진의 울음이다. 그래서 울리지 말아야 한다. 문상객들이 울리지 않아도, 유족들은 입관식에서, 발인식에서, 화장터에서, 장지에서, 젖 먹던 힘까지 소진하며 울게 될 것이다. 그 눈물은 불가항력이고 육신도 견디기 어려운 의식이다. 그때를 위해서 비축해둬야 한다. '울 힘'을 말이다.

여러 해 전 죽마고우가 죽었을 때 나는 빈소에서 밥을 먹다가도 돌연 영정 앞으로 달려가 엎디어 울었다. 그 눈물이 남은 가족들의 심장을 후벼 팠다. 나는 참았던 눈물을 쏟으면 하늘을 끄집어 내릴 듯 꺼이꺼이 어깨를 들썩이고 운다. 상주인 친구의 형님은 제발 울지 말아 달라고, 자네가 울면 우린 어쩌냐고 사정사정을 했다. 그래도 참지 못한 나의 눈물은 두고두고 미안한 기억이다.

그로부터 4년 뒤 또 하나의 죽마고우가 죽었을 때는 나는 울지 않았다. 친구의 형님이 입관식에서 오열할 때, 천진한 눈망울로 뛰어다니는 어린 조카의 손을 살짝 잡아주었을 뿐이다. 아직 죽음이 뭔지 모르는 아이의 눈을 바라보며 담담히 미소를 지어주던 순간, 그때 비로소 나는 진짜 '문상객'이 되었고 언젠가 '상주'가 될 준비를 하고 있었다.

※ 이 글을 나의 친구 故 박승종과 故 유석우에게 바칩니다.

어머니의 커피

나의 어머니는 아메리카노를 못 드신다. 애석하게도 그 맛에 끝내 눈을 뜨지 못하셨다. 블랙커피는 그저 '쓴 물'. 대저 설탕 프림이 낙낙히 들어간 다방 커피나, 시럽이 첨가된 라떼·카푸치노 따위에만 입을 대신다. 그래도 매일 아침 '1일 1잔' 은 꼭 하셔야 하는데, 가장 즐겨 드시는 것은 전형적인 믹스커피다. 내가 아무리 건강에 좋은 걸 권해드려도 소용없다. 이미 반세기 이상 인스턴트의 맛에 인이 박였기 때문이다. 소위 '베트남 커피' 같은 것은 그런대로 잘 드신다. 일단 달달하기만 하면 합격인 셈이다. 나는 그나마 국산보다는 그런 것이 값이 나가니 조금이라도 나을 것 같아 잔뜩 사다 드리지만 사실 어느 쪽이 건강에 더 좋을지는 모르겠다. 어차피 '블랙' 아닌 바에야.

그럼에도 불구하고, 몸에 썩 좋지 않은 걸 앎에도 불구하고 계속 사드리는 데는 단순하지만 절대적인 이유가 있다. 그것은, 어머니가, 그 순간에, 그 달콤한 커피를 입안에 넣는 그 순간에, 가장 확실한 '행복'의 표정을 지어 보이시기 때문이다. 지병이 따라붙는 팔순의 길목에서 더 이상은 행복할 일이 드문 시절에, 믹스커피 한 봉이 주는 즐거움은 어머니가 누릴 수 있는 거의 유일에 가까운 행복이다. 어머니는 십수 년을 독한 류마티스 약을 드셔왔고 얼마 전에는 또 담낭 절제 수술까지 받으시는 바람에 속이 영 편치 않으시고 입맛도 통 없는 편이시다. '먹음'으로써 즐거움을 주던 모든 것들이 빛을 잃고 이제 마지막 남다시피 한 것이 바로 인스턴트 커피인 셈이다. 그것을 어찌 어머니의 인생으로부터 박탈할 수 있겠는가. 그 자명한 '소확행'을.

아버지가 병환으로 쓰러지신 후 어머니는 하루도 빼놓지 않고 본인의 아픈 다리를 끌며 병원을 오가셨다. 크고 복잡한 대학병원의 입원실이든 요양병원의 산소 치료실이든, 간병인이 있는 곳이든 없는 곳이든, 상관없이 매일 아버지를 보러 가셨다. 평생에 걸쳐 원수나 다름없다며 책망해왔던 남편을. 굳이….

"에효… 저 양반이 나를 얼마나 더 고생시키고 가시려고…."
넋두리를 하시면서도 끝내 목도리를 두르고 주섬주섬 외투

깃을 여미어 병원으로 향하는 찬 길에 나서신다. 올해 겨울은 이상스러우리만치 안 춥다며 다들 호들갑이지만 어머니는 예년과 아무 차이를 못 느끼겠다 하셨다. 기상 통계로도 가장 따뜻한 겨울임이 입증되긴 했지만 어머니께는 여전히 춥고 똑같이 스산했다는 말씀…. 그것은 분명 당신의 '마음'이 그러했기 때문이리라.

그런 어머니에게 팔팔 물을 끓여 믹스커피를 한 봉 타드린다. 그러면 하루 중 거의 유일하게, 굳은 표정이 살포시 풀어진다. 아니, 그 전에 이미, 내 입에서 이 한 마디, "어머니! 커피 한잔 하셔야지요?" 말만 나와도 벌써 어머니의 얼굴은 행복의 나라로 달려간다. 주름살이 일순 펴지고 입꼬리가 슬쩍 올라간다. 그걸 보는 내 마음의 주름살도 잠시나마 함께 펴진다. 그러므로 나는 계속해서 믹스커피를 주문해드리고, 떨어지면 또 쟁여드리고, 때로는 내 손으로 직접 타드리며 이렇게 말씀드린다.

'잊으세요. 이 순간만은. 모든 것들을. 모든 고통을….'

다만 이 말은 입안으로만 맴돌게 할 뿐 입 밖으로는 내어놓지 못한다.

물에 빠진 자의 보따리

이런 저런 일들로 병동에 올 때마다 느끼는 건데 내 눈에는 간호사들이 의사들보다 더 존경스럽다. 의사들이야 사회로부터 얻는 게 많지만 간호사들은 딱히 그런 보상이랄 것도 없어 보이는데다 환자나 병원과의 '갑을' 관계를 따져 봐도 을이면 을에 가깝지 갑으로 볼 소지는 희박하다. 그럼에도 최일선에서 환자들과 부딪히고 부대끼고 욕을 먹어가면서 끝내 참고 보듬어 안는 건 그들이다. 종합병원 입원실의 간호사 한 명이 얼마나 많은 죽음을 수습할지를 상상해보면 마음이 절로 숙연해진다. 그건 아무리 생각해봐도 희생정신과 사명감 없이는 되지 않을 일이다. 환자들의 고통과 죽음, 생의 가장 추하고 참혹한 순간들을 곁에서 지켜봐야 하는 건 간호사들의 숙명이다. 어쩌면 가족보다도 더 '가까이'에서 말이다. 그래서 간호사라는 직업은 소방·구급대원들과 더불어 양대 숭고한 직업으로 단연 꼽을 만하다.

그런데 병원에 있다 보면 이들을 상대로 소위 꼰대질·갑질을 행하는 사람들을 무시로 보게 된다. 칭찬과 격려, 감사 인사도 모자랄 판에 떼를 쓰고 욕을 하고 심지어 그것도 안 되면 폭력까지 휘두르는 사람들…. 그것은 중환자실이나 응급실 같은 위중한 공간에서 더 많이 목격된다. 일견 이해가 안 가는 것은 아니다. 환자나 보호자는 어느 누구나 '자기 문제'가 발등의 불이다. 고통은 현재진행형이고 죽음은 문 앞에 와 있다. 그러니 요구사항이 빨리 처리되지 않으면 불안하고 답답하기야 할 것이다. 그래도 좀 심하다 싶은 경우가 많다. 얼마 전 아버지의 일로 응급실에 물끄러미 앉아있는데 누군가 의료진을 향해 욕지기 날리는 걸 듣자니 마음이 무참했다. '사정은 있겠지… 그래도 이건 아니지….'

누구든 응급실이나 중환자실에 있어 본 사람은 알겠지만 그 공간의 절반은 신음이고 절반은 불평불만이다. 그 아수라 속에서 미안한 얘기긴 하지만 가끔 이 말이 떠오르기도 하는 것이다. '꼰대(들)' …

의사에겐 큰소리 못 치면서 애먼 간호사들만 붙들고 언성 높이는 사람들을 보면 특히 그렇다. 불평 반 신음 반의 공기를 365일 마시고 사는 게 간호사들이다. 내가 한 자리에서 몇 시간을 쭉 지켜본 바, 응급실 간호사들은 단 1분을 앉아 있지를 못했다. 이리 뛰고 저리 뛰고, 이리 불려가고 저리 불려가고…. 거듭 강조하건대 고도의 희생정신 없이는 불가능한 일이다. 내 몸과 마음을 갉아 먹혀가며 남을 돕겠다는 절대적인 사명감 말이다. 그 사명감에 꼰대질·갑질로 응대하는 건, 해도 너무하지 않은가. 물에 빠진 사람 건져놨더니 보따리 내놓으라는 것도 모자라 보따리를 왜 적셔 놓았냐며 따지고 드는 격이다. 어떨 땐 응급실 같은 데서 간호사뿐 아니라 병원 경비원, 이송해온 119 대원까지 패키지로 그 꼴을 당하는 경우를 본다. 심지어 우리나라 병원에선 소위 '주먹 자랑'까지 하는 사람들도 많은데 미국 같은 나라에선 그냥 '저격'감이다. 꼰대질·갑질이 국내에서는 주로 '온라인' 저격 대상이지만 해외에선 '오프라인' 직격 대상이다. 총이든 배상금이든 한 번 맞으면 그걸로 인생 종 치게 되는. 한국은 심지어 경찰을 상대로도 갑질을 하려는 사람들이 있는데 그러고도 '건사' 할 수 있는 나라는 세계적으로 몇 없을 것이다.

꼰대질·갑질은 버릇과 같아서 무심코 반복하다 보면 나중엔 상대를 가리지 않고 튀어나오게 된다. 그러다가 후회할 지경을 맞게 되면 그땐 이미 늦은 것이다. 경찰의 저격은 없겠지만 우리나라는 온라인 여론의 저격이 더 무서워서, 일단 그 표적으로 오르게 되면 후회는 쓸모없는 일이고 어떻게 해도 수습할 도리가 없다. 그렇게 패가망신하고 쓸쓸히 침몰하는 실례를 우리는 무수히 보아왔다.

사랑스럽고 슬픈

한동안 매일 요양원을 드나들 때는 그곳이 마치 집과 같이 익숙한 느낌마저 들었다. 피 한 방울 섞이지 않은 할머니 할아버지들이 마치 가족처럼 여겨졌다고 할까. 치매에 걸린 어느 할머니는 항상 TV 모니터 앞에 붙어 서있는데 주로 '물개박수'를 치고 있다. 뭘 보고 그리 신이 나신 건진 모르겠지만 천진난만·순진무구 그 자체다. 나는 그 모습이 때로는 그리 귀여울(?) 수가 없었다. 십수 년 전, 갓 걸음마를 뗀 나의 딸이 TV 앞에서 <뽀로로>를 보며 박수를 치던 모습과도 얼핏 닮아 보인다. 할머니의 박수는 보다 관대해서 프로그램의 종류를 가리지 않는 것 같다. 노래가 나오건 드라마가 나오건 뉴스가 나오건 다큐멘터리가 나오건 상관없이 신명 나게 손뼉을 친다. 그녀는 인간의 모든 '악한' 감정은 배제한 듯한 표정을 하고 진심으로 매 순간을 즐기고 있다.

나는 오래 전 이런 표정을 다른 곳에서도 본 적이 있다. 사회복지관. 대학 시절 전공(사회복지학) 실습을 위해 일했던 곳이다. 그곳에선 중증 장애인부터 홀몸 노인, 결손 가정 어린이들까지 다양한 사람들과 부대끼게 되는데, 나는 그중에서도 다운증후군 환자들에게 제일 정이 갔다. 그 아이들의 표정이 바로 'TV 앞 물개박수 할머니'의 그것이다. 세상의 악한 것들은 모두 발라내고 오직 순수함만 담은 얼굴…. 너무 오래 손에 꼭 쥐고 있어 눅진하게 된 사탕을 내게 건넬 때, 그 얼굴에 비치는 행복은 '순도 100%'짜리였다. 지상에 천사가 임하는 순간이 있다면 바로 그때였을 것이다. 어떨 때는 다른 과잉행동 장애가 있는 아이에게 손등을 물린다든지 에어컨 배수관 물을 빨아먹는 아이를 말리느라 몸을 던져 슬라이딩을 하기도 했지만 다운증후군 아이들은 그런 일이 거의 없었다. 그들은 오직 평화롭고 행복한 것만 생각하고 사는 것 같았다. 내게 늘 무언가 말을 걸고 싶어 하는 것도 그들이었다. 머뭇머뭇 하면 나는 그냥 안아주었다.

요양원은 보다 침묵에 가깝다. '적막'이 차이점이라면 차이점이겠다. 노인들은 거의 대화를 나누지 않는다. 80~90년을 '말'의 홍수 속에 살았을 그들은 더 이상 입을 열지 않는다. 치매건 중풍이건 증세가 무엇이건 서로 대화를 잘 주고받지 않는다. 그저 멍하니 뭔가를 생각하는 듯한 표정이 많은데 나는 그 생각의 끄트머리에도 닿을 수 없어 늘 궁금하다. 생의 마지막 단락, 긴 여정을 돌아 다시 '아기'로 돌아간 그들의 머릿속에서 무슨 기억과 회한이 뒤섞여 회오리칠지 나는 알 수 없다. 나는 그저 순진무구의 표정만 본다. 어쩌면 우주의 시원始原, 그 별빛 속을 헤매고 있을지 모를, 사랑스럽고도 슬픈 내 미래의 모습이기도 하다.

떠난 친구에게 보내는 편지

승종! 오늘 오랜만에 자네 카톡을 들여다보았더니 자네는 여전히 대문에다가 "세상 사는 게 즐겁네" 라고 써놓고는 속없이 웃고 있더군. 그리도 너스레를 떨어대더니 뭘 그리 급하게 떠났는가, 이 친구야. 살아있을 적에는 성질이 급하지 않았는데 죽을 때는 급하게도 떠났으니 인간은 참으로 반전의 존재가 아닌가 싶어.

그 일이 벌써 해를 넘기었네. 그래도 자네 생일이라고 메신저에서 리본도 뿌려주고 꽃단장을 해주니 저세상에서도 이 세상 고마운 줄은 아시게. 미역국은 얻어먹었는가? 자네는 신기하게도 살아생전 한 명도 미워하는 사람이 없었으니 그곳에서도 '염라'고 '저승 씨'고 다 잘 해주겠지. 나는 이제 글도 쓰고 책도 내고 사는데 자네는 그것 한 권 받아보질 못하는구먼. 허나 거긴 여기보다 진보한 세상일 테니 최첨단

e-book으로 한번 읽어보시게. 물론 디지털 활자라는 게 아날로그 책의 질감만은 못하겠지. 어쨌든 저승 차사들이 책 한 권 정도는 제공해 주지 않겠는가. 암만. '귀인'이 납시었는데 말이야.

사실 입관식 날 가족 말고도 그 많은 친구와 이웃들이 좁은 염습실을 가득 채웠던 일 자체가, 자네가 귀인이었음을 증명하는 것일세. 염라께서 인정 안 하신다면 내 꿈에 찾아와서 얘기하시게. 내가 대왕께 내용 증명이라도 보낼 터이니.

말 나온 김에, 그날 자네 형님께서 참 많이도 우셨다네. 아이 울듯 어깨를 들썩이면서 말이야. 어린 시절 그 무섭던 형님이 동생처럼 자네에게 매달려 우시는 걸 보니 어찌 달래볼 심산이 들지 않더군. 형수님은 그 옆에서 자네에게 연신 사랑한다는 말씀만 하셨고 말이야. 자네가 생전에 형수님께 그 말을 그렇게 자주 해드렸다면서? 나한텐 그 비슷한 말 한번 없더니 말이야. 형수님께서 정작 본인은 그 말을 미처 해준 적이 없다며 뒤늦게 몰아서 연발하셨다네. 귀가 따가웠을 게야, 자네.

장례식장을 나와 자네 집에 들렀을 땐 온 동네 할머니들이 다 찾아와서는 어머니 곁을 에워싸고 계시더군. 호위무사들이 따로 없었어. 쉬지 않고 복작복작 수다를 떨어주면서 말이야. 얼마나 고맙던지…. 온 가족이 그렇게 착하게 덕을 쌓고 살았으니 좋은 이웃들을 둘 수밖에…. 참, 어머니는 허리가 아프다고 복대를 두르고 계셨는데 지금은 좀 괜찮으시려나 몰라. 내 이제 또 언제 고향 땅을 밟아볼지 모르겠네만 가게 되면 요즘 말 '1빠'로 어머니부터 찾아뵘세. 그래도 어머니, 그날 내 손을 잡고도 안 우셨던 걸 보면 참 씩씩하고 강한 분이셨어. 나보다 한 백배 천배 정도?

자네는 생전에 술이고 담배고 몸에 나쁜 건 일절 손에 안 댔던 얄미운 친구니까 거기서는 좀 취미를 들여 보시게. 아, 저승에서야 먹어도 먹어도 몸이 안 나빠질 거 아닌가! 자네가 내 친구로 다 좋았는데 딱 하나, 술을 안 한 게 좀 결격 사유야. 그래도 알지? 내가 사랑하는 거. 따지고 보니 나도 생전에 그 말은 해준 적이 없네. '쌤쌤'으로 퉁 치세.

자, 이제 어디로 갈 겐가? 부디 한 곳에 머물지 말고 훨훨 자유롭게 유랑하시게. 그러다 지겨워지면 빛처럼 흩어지고 말이야. 그 무서운 블랙홀도 한번 통과해보고 그 유명한 안드로메다에도 가보고, 팽창하는 우주의 끝, 그 경계선에도 걸터앉아 보시게. 이젠 뭐, 자네가 그냥 우주 아닌가. 못 가고 못

할 것이 무엇 있겠는가. 부디 좋은 것, 황홀한 것들 많이 보고 다니고, 가끔 그 녹화본을 모아 내 꿈에다가 틀어주시게. 기대하겠네. 안 그럼 내가 거기 합류하는 날 잔소리부터 들을 각오를 해야 할 것이야. 한 50~60년은 지나야겠지만…. 아무튼 그때까지는 그저 평화 속에 계시게. 일단 오늘 미역국부터 챙겨 먹고 말이야. 생일 축하하네, 나의 친구, 승종.

제4장

혼자 살지 못하는 우리

순한 사람

순順한 사람이 좋다.

선善한 사람인지는

확인이 어렵지만

순함은 태도의 문제이니

나는 일단

순한 사람을 좋아하련다.

선하다는 것은 내면 깊이 뿌리 내린

그 사람의 됨됨이에 해당하지만

순하다는 것은 외면으로도 어느 정도

다듬고 배양할 수 있는 삶의 자세다.

순함은 부드러운 것, 유연한 것,

자신만을 내세우지 않고

낮은 자세로 숙일 줄 아는 것.

그런 사람에게는 굳이

까치발을 들지 않아도

누구든 시선을 맞출 수 있으니

우리는 그런 사람과 먼저

가까워질 수밖에 없는 것이다.

조연도 주연이야

U-20 청소년 대표팀을 이끌며 한국 축구 또 하나의 신화를 썼던 정정용 감독은 한동안 리더십의 아이콘이 되었다. 그만의 지도 방식을 다룬 뉴스와 특집 프로그램들이 줄줄이 편성되었는데 나는 그중에서도 한 짤막한 뉴스 보도물을 보다 순간 뭉클해지고 말았다. 내가 진행하는 생방송 뉴스에서였는데 정 감독의 육성 녹취 하나가 그만 마음을 울리고 만 것이다. 훈련 도중 그가 벤치의 '후보' 선수들을 따로 모아 조용히 건네던 말,

"(너희가) 조연 같은데, 그게 주연이야."

이 한 마디였다. 정 감독의 이 이야기는, 교체 투입을 기다리는 후보 선수들에게 '너희가 언제든 큰 역할을 할 수 있음'을 주지시키는 말이었다. 그는 평소 대기 선수들을 '벤치 특

공대'라 부르며 독려했고, 교체로 들어간 선수가 경기 전체 결과를 바꿀 수 있다는 점을 잊지 않도록 각인시켰다. 누구든 '똑같이 중요한' 선수라는 자부심을 잃지 않게 한 것이다. 그리고 그 철학은 실제 대회에서 빛을 발했다. U-20에서 정정용 감독은 선수들 모두가 돌아가면서 한 번씩은 뛸 수 있도록 골고루 출전 기회를 줬고, 그 결과는 역사적인 준우승이었다. 교체 선수들의 활약이 대단했다. 마지막 결승에서 투입된 이규혁을 끝으로 한국 대표팀은 필드 플레이어 18명 '전원'이 대회 그라운드를 밟았는데, 그것은 준우승 이상의 의미를 갖는 또 하나의 신화였다. 실로, 대한민국 선수단을 진정한 '원팀'으로 완성시킨 가슴 뜨거운 지략이 아니겠는가.

일 대 일 경기가 아닌 '함께 뛰는' 단체 스포츠에서는 주·조연이 따로 없다는 지도자 철학, 비단 스포츠계뿐만 아니라 모든 분야에서 새겨들을 이야기다. 그래서 정정용 감독은 체육 지도자이기 이전에 사람 자체가 참 '멋진 사람'이라는 생각을 하게 되었다. 그는 대회가 끝나고 귀국한 날 광화문 광장에 환영 나온 인파 앞에서 이런 말을 하기도 했다.

"임금이 있어서 백성이 있는 게 아니고,
백성이 있어서 임금이 있는 겁니다."

즉, 감독이 잘해서 선수들이 선전한 게 아니고, 또한 선수들만 잘해서 준우승을 거둔 것도 아니라는 것이다. 선수 모두가 열심히 해줬기에 지도자인 자기도 덕을 보게 된 것이고, 그 선수들은 또 '국민'들이 응원해 줬기에 잘 할 수 있었다는 말이다. 아! 이 얼마나 멋진 지도자 정신인가! 이런 철학을 가진 감독 밑에서 훈련했으니 선수들은 아마도 지·덕·체를 골고루 익힌 재목으로 성장하지 않았을까? 머지않아 성인 대표팀에 합류할 그들의 활약이 더욱 기대되는 이유이다.

교차하는 시간 속에서

새벽 3시대의 출근길은 적막하다. 나는 아침 6시의 생방송 뉴스를 준비하기 위해 새벽 2시대에는 일어나야 하고 3시대에 집을 나선다. 아파트를 나와 첫 사거리에서 신호 대기를 할 때, 오른편으로 시야에 들어오는 것은 승합차 두어 대다. 멈춰서 있는 이 승합차들은 대리운전 기사들을 태우기 위한 '셔틀'이다. 새벽 3시…. 내게는 출근 시간대지만 취객들에게는 귀가의 마지노선에 가깝고, 그러므로 대리 기사들에게는 퇴근 시간대에 해당할 것이다.

나는 이 새벽의 거리에서 승합차 안에 몸을 구기는 대리 기사들의 고단함을 미루어 유추할 수는 있다. 그러나 승합차마저 없는 거리에서 귀가의 고된 루트를 짜내야 하는 그들의 쓸쓸함은 감히 짐작하기 어렵다. 유흥의 향취를 풍기던 취객을 안전한 집으로 귀가시키고 자신은 안전하지 않은 골목에 남겨진 사람. 가로등도 없는 후미진 곳에서 휴대폰을 열어 다음 콜을 기다려야 하는 그의 불안과 고독을 나는 알지 못한다.

간혹 어떤 대리기사는 나의 '이웃'이었음이 드러나기도 했다. 머리가 하얗게 센 장년의 사내는 룸미러에 씁쓸한 미소를 비추며 말했다.

"저도 이 아파트 살았어요. 그때는 작은 중소기업을 했는데 잘 됐죠. 근데, 무너지는 거 한순간이더라고요. 그리 비싼 집은 아니었지만 어쨌든 이 집도 그냥 날렸어요."

또 다른 기사는 집이 아니라 직장이 우리 동네에 있었다고 했다.

"레코드판을 만드는 회사가 옛날에 여기 있었어요. ○○레코드 아시죠? 혹시 LP판 찍어내는 거 보신 적 있어요? 제법 신기합니다. 제가 그 일을 했거든요. 아주 오래전 얘긴데. 근데 지금은 아파트 단지가 되어 있네요."

나는 그날 LP바에서 술을 마시고 귀가하던 참이었다.

월요일 새벽에는 그 자리에 승합차들이 보이지 않는다. 한 주가 시작되는 날의 사거리 신호 선에는 내 차밖에 없다. 일요일에서 월요일로 넘어가는 이 날은 그들의 유일한 '휴무일'

일 것이다. 남들 자는 밤마다 '콜'과 '셔틀'을 찾아 내달렸을 사내들은 일요일 하루만큼은 온전히 몸을 뉘었을까? 이름도 모를 취객의 욕설과 발길질의 위협으로부터 자유로운 하루를 보냈을까? 밤다운 밤에 잠을 자고 낮다운 낮에 하늘을 보며 산다는 것은 무엇인가? 나는 아무렇게나 널브러진 취객을 뒷자리에 두고 어두운 거리를 응시하는 사내의 쓸쓸한 뒤를 잘 보지 못하겠다.

오늘 밤이면 또 쏟아져 나올 것이다.

거리에, 취객들. 오물들.

악다구니. 경찰차. 구급차.

택시. 대리기사. 승합차….

그리고…

보이지 않는, 도시 위의 별.

우리 곁의 어머님들

어디든 대개 그렇겠지만 우리 회사에서도 화장실이나 사무실을 청소하시는 분들은 대체로 나이가 지긋하신 '어머님'들이다. 나는 실제로도 그분들을 어머님, 또는 어머니라고 부른다. "어머니 안녕하세요", "새벽부터 고생 많으시네요 어머님"… 이때 '어머님·어머니' 라는 호칭은 한국인만이 가지고 있는 매우 정겹고 유용한 표현법이라 하겠다. 외국에서는 진짜 가족이 아닌데 'Mother'라 부를 리 만무하고 그저 '메리'니 '앤'이니 대뜸 이름을 부르는 게 통례일 텐데 아무래도 우리 정서에는 좀 맞지 않을 것이다.

대신 우리나라 사람들에게는 예로부터 '어머님·아버님·어르신·선생님' 같은 두루뭉수리하면서도 살가운, 독특한 호칭법이 있어왔다. 서양 사람들이 아무리 배려와 에티켓으로 무장하고 교양이 탄탄하다 하여도 화장실 청소하거나 주차관리

하는 노인에게 "Sir" 라고 부르는 경우는 보기 힘들다. 그들은 친절하면서도 뭔가 '칼 같은' 데가 있어 때로 정 없는 느낌이 들기도 한다. 어머니가 아닌데 어머니라 부르고 아버지가 아닌데 아버지라 부르는 걸 서양인들 관점으로는 납득하기 어려울 수도 있겠지만 사실 60~70대 고령 노동자분들에게 그것 말고 적당한 호칭이 또 무엇 있겠는가. 우리네 정서로 말이다. 간혹 젊은 사람이 아버지뻘 되는 아파트 경비원을 "어이! 김 씨! 이 씨!" 이렇게 부른다든지 심지어는 주먹을 휘둘렀다는 기사를 보고 공분하게 되는 건 그런 맥락이다.

호칭도 호칭이지만 나는 회사에서 그 '어머님'들을 마주치면 가급적 살갑게 인사드리는 걸 나름의 작은 원칙으로 삼는다. 처음부터 그랬던 것은 아니고 사실 젊은 시절에는 그러지를 못했다. 마음의 여유가 없었다는 건 아마 핑계일 테고 좀 더 솔직히 말하자면 '철'이 없어서였을지도 모르겠다.

어쨌든 이 인사법의 장점은 두 가지가 있는데 하나는 상대방의 표정이 확 밝아진다는 것이고 다른 하나는 내 마음도 덩달아 밝아진다는 것이다. 어쩌면 무미건조하게 흘러가는 직장의 일상에서 가장 따뜻한 순간 가운데 하나가 될지도 모르겠다. 그것은 나 스스로의 행위에 만족하는 자아도취의 차원이 아니라 사실 그분들로부터 전해지는 따뜻한 반응과 순수한 교감에 기인하는 것이다. 위로를 받는 건 어쩌면 나일지 모른다. 그 '어머님'들은 아무리 고된 일을 하는 상황에서도 우리의 지나가는 인사를 조건 없이 그저 밝게 맞아주신다. 정신노동도 노동이랍시고 헉헉대는 우리에게, 화장실 분변이 묻은 휴지를 모으고 먹다 버린 음식물 쓰레기를 처리하는 그 분들은 어떤 고달픔도 내색하지 않은 채 환한 인사로 화답한다. 마치 우리네 어머니, 나의 진짜 어머니처럼 말이다. 그래서 그분들을 '어머니'라고 부르는 일에 아무런 주저함이 없는 걸지도 모르겠다.

인사란 그런 것이다. 상대적으로 여유 있는 사람이 그렇지 못한 쪽에 먼저 인사를 건넬 때, 뭔가 시혜적인 차원에서 베푸는 행동의 일환이라 생각한다면 그건 크나큰 착각이다. 인사의 기본 가치는, 상대와 내가 '함께' 주고받는 따뜻한 마음과 대등한 교감에 있다.

지역구 관리한다며 기계적으로 '인사'를 도는 정치인들에게 그런 가치를 기대하기는 힘들다. 그들은 선거철에는 기꺼이 을을 자청하지만 그 한두 달을 빼면 다시 갑으로 행세하기 일쑤여서 '대등한' 교감과는 거리가 멀다. 그러고 보니 이 글을 쓰는 시점은 또 그 꼴을 볼 날(선거철)과 얼마 떨어져 있지 않아 벌써부터 마음이 착잡하다. 다만 오늘 아침 회사 복도에서 "지난 한 해도 참 고생 많으셨어요." 라고 말씀해주시던 그 어머님의 인사 하나로 나는 쓸데없는 그 착잡함을 상쇄해 본다. 그런 분들이 더 웃고 덜 울게끔 만들어줄 정치인들은 어디 있는가? 대학 교정에서, 공항 청사에서, '처우 개선' 조끼를 두른 어머님들의 쓸쓸한 투쟁은 올해도 계속되고 있다. 선거의 참 가치가 있다면 조금이라도 나아진 세상을 만드는 것일 테고, 그런 일은 노동의 고달픔에서 벗어나지 못하는 우리네 어머님 아버님들의 눈물을 줄이는 일과 무관치 않을 것이다.

※ 나의 이 호칭법에 대한 반론이 하나 있었는데 그것은 나의 대학 후배이자 연세대학교 최초의 여성 총학생회장이었던 정나리의 이야기다. 그는 "아무리 나이 지긋한 여성이라 해도 결혼을 안 했을 수도 있고, 결혼은 했지만 아이를 못 가졌을 수도 있고, 가졌다가 잃었을 수도 있는데, 무조건 '어머니, 어머님'이라 부르는 건 또 하나의 실례, 폭력이 될 수도 있다." 라고 조언했다. 그 말을 듣고 나니 나는 그렇기도 하겠다 싶어 또 하나를 배운 느낌이다. 사람의 관계란 이토록 섬세하고 상대적인 것이어서 배려에는 한도 끝도 없음을 깨우친다.

사랑방의 추억

강원도 정선군 정선읍 애산리 기차역 앞에는 작은 약방이 하나 있었고 그곳이 나의 집이었습니다. 나는 거기서 태어나 열여섯 살까지 먹고 자라다 열일곱 되던 해에 홀로 떠났습니다. 그 공간은 사실 나보다는 마을 이웃들에게 더 특별한 곳이었습니다. 기반시설 없는 산간벽지에서 동네 약방의 역할은 매우 중하고 복합적인 것이었으니까요. 때로는 병원을 대신해 응급실 기능을 해야 했고 마을회관도 노인회관도 없는 곳에서 동네 사랑방 역할까지 도맡았습니다. 아버지는 고열로 경기를 일으킨 아이들을 수없이 살려냈고 심지어 이웃 아낙의 아기를 받아내는 산파 역할을 할 때도 있었습니다. 동네 아저씨들은 아침마다 어슬렁거리며 약방에 모여들어 만만한 박카스나 쌍화탕 한 병을 시켜놓고, 혹은 커피를 배달해 마셔가며 몇 시간씩 잡담을 떨었습니다. 딱히 뭘 사 먹거나 약 짓는 데 지갑을 열지 않아도 무방했습니다. 그저 난롯가에 모여 맨입으로 담배나 나눠 태우면서 마을 경조사라든지 뜬소문 따위를 나누면 그만이었습니다.

그 시절 커피는 주로 다방에 배달시켰는데 그럴 때마다 어린 제게는 요구르트나 '계란 후라이' 같은 게 덤으로 주어졌습니다. 보자기에 보온병을 싸 들고 온 '다방 이모'들은 내가 커가면서는 '다방 누나'가 되었고 그러다 차츰 생의 반경에서 사라져 갔습니다. 철모르는 어린 꼬마의 눈에도 그들 입에 칠해진 새빨간 '루즈'에는 곡절의 사연이 많아 보였습니다. 어느덧 30~40년의 세월이 흐른 지금, 그녀들은 무얼 하고 있을지도 문득 궁금합니다. 어디에서 한 많은 유랑의 인생을 접고 여생의 일몰을 마주하고 있을까요? 그녀들이 일했던 은다방, 역전다방, 초록다방은 흔적도 없이 사라진 지 오랩니다.

돌이켜 보면 그때만 해도 흔한 스타벅스 하나, 패스트푸드점 하나 없던 시절이었습니다. 이제와 생각해 보니 아버지의 작은 약방은 그 역할까지 하고 있었습니다. 나는 동네 사랑방에서 나고 자라 지금으로 이어진 셈입니다.

건축가 유현준 교수가 최근 어느 TV 프로그램에 나와 이렇게 말하는 걸 들었습니다. 대한민국 사회의 갈등이 심해지는 이유 가운데 하나가 사람들이 '공짜로' 머물 수 있는 공간이 없다는 점이라고요. 굳이 물질을 나누거나 돈을 쓰지 않아도 서로 편하게 섞이고 어우러질 수 있는 공간이 드물고, 그로 인해 '공통의' 추억이 사라져간다고 말이죠. 그는, 공원이든 벤치든 광장이든, 누구든 편하게 머물 수 있는 공간이 많아야 하고, 그래야만 서로 다른 배경을 가진 사람들이 모여 융합할 수 있다고 역설했습니다. 우리네 어머니들이 걸터앉아있던 골목 어귀 의자, 느티나무 그늘, 논밭가의 원두막은 그런 기능을 하고 있었던 것 같습니다. 저녁 어스름이면 '아무개야 밥 먹어라!' 소리가 울려 퍼지던 그 골목이 그리운 건 저만의 얘기는 아니겠지요? 그곳은 마을 공동의 어린이집이었고 파출소였고 뉘 집 자식 하나 발가벗겨 내놓아도 위험하지 않은 공간이었습니다. 지금은 아파트 단지 안의 놀이터에도 아이를 혼자 내보내기 힘든 세상이 됐습니다.

해마다 겨울, 한 해가 저물고 새해가 줄달음질 쳐오는 계절, 사람이 사람들 사이에서 역설적으로 가장 외로워질 수 있는 그때가 되면, 나는 아버지의 약방에 모여 난로를 쬐던 사람들과 마을 초입에서 모닥불을 때던 아이들, 5일장에서 경운기를 나눠 타고 돌아오던 옛 이웃들을 무심히 떠올려봅니다. 그들의 결속은 지갑에서 나온 것이 아니었고, 그러므로 분열과 반목의 불씨를 품고 있지 않았습니다. 때로 장기판을 뒤엎고 아낙들끼리 눈 흘김으로 기 싸움을 해대긴 했어도 결국 막걸리 한 사발, 떡 한 접시로도 어물쩍 풀리던 그런 시절이었습니다.

분명 그 시절에는 우리가, 우리의 '어른'들이, 지금보다 덜 외롭고 덜 날카로워 보였습니다. 집값 같은 걸로 서로에게 박탈감 줄 일도 없었고 사교육으로 철옹성을 쌓지도 않았습니다. 지금은, 학원 앞에서 아이를 기다리는 엄마나 대출 걱정에 귀갓길 마음이 어두운 아빠나 다 외로워 보입니다. 그 외로움을 갖고 찾아갈 곳조차 마땅치 않으니 식당엔 '혼술'이 넘쳐납니다. 이웃이 '사촌'으로 불리던 시절은 다시 올 수 없다 해도 이웃이 '친구'가 될 수 있음을 우리는 끝내 잊어서는 안 됩니다. 안 그럼, 우리는, 너무 쓸쓸해집니다.

거리를 두는 게 예의?

집집마다 문을 걸어 잠그는 이 아파트의 시대에, 그래도 잠시나마 이웃들 얼굴을 볼 수 있는 건 엘리베이터나 1층 현관 정도가 되겠습니다. 요즘은 어느 아파트든, 공동 현관에도 다 비밀번호 시스템이 장착돼 있고 그 비밀번호는 저마다의 세대별로 따로 설정하게 돼 있으니, 똑같은 문을 들고 나서는 이웃들끼리도 서로 다른 번호를 누르며 살아가는 것입니다.

그러다 보면 이따금씩은 다소 어색한 풍경도 연출되는데, 바로 현관문 앞에 두 명 이상의 이웃이 거의 동시에 당도했을 때입니다. 그럼 둘 중 누군가는 비밀번호를 눌러야 할 테고 아무래도 1초라도 먼저 도착한 쪽이 그걸 하게 될 텐데, 문제는 다른 한 명이 (의도한 바건 아니건) 그걸 지켜볼 수 있다는 겁니다. 비밀번호라면 모든 종류를 막론하고 노출이 금기시되는 시대에, 아무리 공동현관 번호라도 남이 보는 건 싫다는 사람이 많습니다. 그래서 어떨 때는 누르는 쪽에서 슬쩍 몸을 돌려 뒷사람이 못 보도록 가리기도 하고, 어떨 때는 뒷사람이 먼저 알아서 한 발 뒤로 물러나거나 고개를 먼 곳으로 돌리기도 합니다.

저는 이 풍경이 참으로 어색하다는 겁니다. 이웃 사이란 무릇 '가까이' 서로 '다가가' 인사를 건네는 것이 예의로 여겨져 왔는데, 이제는 서로 고개를 돌리거나 '떨어져 주는' 게 예의처럼 되어버렸으니 말입니다. 만일 그러지 않고 빤히 쳐다보거나 가까이 붙어 서려 하면, 그 사람은 남의 집 비밀번호나 훔쳐보는 사람으로 오해받을지도 모릅니다. 영화 〈목격자〉를 보면 아파트 단지 안에서 사람 한 번 잘못 쳐다봤다가 죽다 살아나는 일까지 겪게 되는데, 그저 과장된 이야기라 치부하기에는 지금 사는 세상이 실로 각박한 건 맞습니다.

이 시대에는 사람끼리 서로 믿지 못하다 보니까 결국은 어떤 '시스템'에 의존하게 되고, 공동주택 단지마다 첨단 경비망이 둘러싸게 된 것도 그런 연유와 닿아있을 겁니다. 의심을 안 사려면 서로 가급적 발걸음을 떨어뜨려야 하는 시대, 그게 마땅한 예의로 굳어져 서로 간의 거리가 점점 멀어지는 시대, 우리는 어쩌면 얄궂은 아이러니의 시대에 살고 있는 건지도 모르겠습니다. 가까워지는 게 아니라 멀어지는 게 서로 간의 예의가 됐다니 말이죠.

엘리베이터 안에서

종종 택배기사님과 같은 엘리베이터를 타면 되도록 실행해 보고자 하는 사소한 일이 있습니다. 뭐 대단한 건 아니고, 엘리베이터가 각 층에 설 때마다 기사분이 맘 편히 물건을 돌리고 올 수 있도록 잠시 '열림' 버튼을 눌러놓고 기다려드리는 겁니다. 이때 저는 기사분이 승강기 안에 두고 간 남은 짐들까지 지켜주는 역할을 하게 됩니다. 버튼을 누르고 있는 이 작은 손가락 짓 하나가 그 기사분으로 하여금 신속·안전한 배송 일을 가능케 하니 웬만하면 실천하지 않을 이유는 없습니다. 만일 그렇게 도와드리지 않는다면 그분은 짐수레를 통째 들고 내렸다가 매번 다음 엘리베이터를 타야 한다거나, 아니면 문이 열린 사이 전속력으로 뛰어 물건을 돌리고 와야 합니다. 여름철 삼복더위에는 정말 보통 곤욕이 아니겠지요. 그 수고를 조금이라도 덜어주는 일이, 바로 '버튼 몇 초' 손가락으로 누르고 있는 겁니다.

이는 사실 선행·도움, 그런 거창한 차원도 아니고 순전히 저 좋자고 하는 일종의 '소확행'입니다. 어쩌다 그 정도 노릇만 할 수 있어도 그날 하루는 그런대로 괜찮게 살았다는 기분이 들거든요. 사실 스스로의 하루에 만족한다는 게 얼마나 어려운 일인가요. 열심히 산다고 살아도 후회와 자책만 남는 게 범부들의 일상인데 말이죠. 그러니 작은 기회라도 왔을 때 냉큼 잡는 것이 순리가 아닐까요? 스스로가 스스로에게 점수를 좀 줄 수 있는 그런 기회 말입니다.

잘 산다는 게 뭐 별거 있나요? 내가 좀 '덜 한심해 보이는' 하루, '덜 못됐던' 하루, 어쩌다 한 번씩 '괜찮아 보이는' 하루, 그 하루가 그런대로 잘 산 하루겠죠, 뭐. 그런 날들이 모이고 모이면 또 인생 전체도 그런대로 잘 산 인생이 될 테고 말이죠. 저는 소박하게나마 그런 믿음을 갖고 살아가렵니다.

※ 이 '버튼 누름' 미션을 행할 때 혹시 승강기 안에 다른 이웃들이 타고 있다면 반드시 동의를 구해야 합니다. 그분들 중 누군가는 아주 다급한 개인적 용무가 있을 수도 있고, 그렇다면 층마다 열림 버튼을 누르고 있는 게 상당한 민폐가 될 수도 있기 때문입니다. 혹시, 이 글을 따라 실천해 보시려는 분들이 있다면 그 점만은 꼭 참고해 주시기를 바랍니다.

해가 기울고 하루가 저물면 가만히 앉아

오늘 그대가 한 일들을 떠올려 보라

누군가의 마음을 달래 줄 따뜻한 말 한마디

세심한 배려의 행동

햇살 같은 친절한 눈빛이 있었는지를

그랬다면 그대는 오늘 하루 잘 보냈다고 생각해도 좋으리라

하지만 하루가 다 지나도록

누구에게도 작은 기쁨을 주지 않았다면

온종일 그 긴 시간에도

누군가의 얼굴에 햇살을 비춘 일이 떠오르지 않는다면

지친 영혼을 달래 준 아주 사소한 일도 떠오르지 않는다면

그날을 차라리 없는 것보다 더 나쁜 날이었다고 하리라

- 〈오늘 그대가 한 일들을 떠올려 보라〉, 조지 엘리엇

현실 영웅들을 위하여

어느 날의 뉴스, 어떤 앵커 멘트
"외국 영화를 보면 허무맹랑한 슈퍼히어로들이 많이 등장하지만 현실 속 진짜 '히어로'는 이런 분이 아닐까 싶습니다. 한 소방대원이, 쉬는 날 가족과 함께 나들이를 갔다가 물에 빠진 아이들을 잇달아 구해냈는데, 20분 사이에 무려 6명이나 목숨을 살렸습니다. 이분 성함은, 경남 산청소방서 소속 '조.용.성' 소방장입니다. 보도에 OOO 기자입니다."

이 멘트는 제가 아침 뉴스를 진행하며 실제로 했던 멘트입니다. 앵커 멘트에 유명인 아닌 사람의 실명이 들어가는 일은 거의 없지만, 사실 이런 일화에서의 실명은 열 번 백 번 언급해도 넘침이 없다는 생각에 과감히 넣어 봤습니다. 특히 '조.용.성' 이름 석 자를 읽을 때 저는 일부러 또박또박 힘을 넣어 강조하려고도 했습니다.

사실 이분뿐만 아니라 모든 직종을 통틀어 제일 우선적으로 '영웅' 칭호를 붙일 수 있는 분들이 바로 소방·구조대원들일 겁니다. 근래 들어 통 좋은 뉴스 전할 일이 없었는데 가뭄의 단비처럼 이런 소식을 전하게 되니 저는 잠시나마 속이 뚫리는 느낌이었습니다. 아마도 시청자분들도 그러했으리라 봅니다.

그런데 공교롭게도 같은 날 같은 뉴스에는 이런 소식도 나가게 됐습니다. 바로, 자신을 구해주러 온 소방대원에게 주먹을 휘둘렀다는 어느 한심한 취객의 사건 말입니다. 이 일화는, 앞서 방송된 훈훈한 영웅담에 완전히 찬물을 끼얹어버리는 야속한 뉴스였습니다. 진행자로서 그 상반된 소식을 전해야 했던 허탈감이란….

대체, 박수를 치고 안아드려도 모자랄 분들을 '때리는' 사람들은 뭘까요? 본인들은 "기억이 안 난다"고 둘러대는 게 상습 레퍼토리라지만 과연 그들이 온몸에 문신을 한 근육질 거구들에게도 똑같이 그럴 수 있을까요? 아무리 술에 취했다 해도 말이죠. 결국 그런 사람들은 주먹을 휘둘러도 '사람 봐가면서' 휘두르는 부류일 텐데, 하필 우리 곁의 귀인들을 그

패악질의 희생양으로 삼고 있으니 얄미워도 보통 얄미운 인간군상이 아닐 수 없습니다.

생각해 보세요. 그들의 얼토당토 않는 주먹질에 당해서 한 명의 소방대원, 구조대원이 입원했다면 그만큼 국민들에게는 '마이너스 1'의 손실이 되고 맙니다. 그 한 대원이 치료를 받는 동안 관할 구역에서 다급한 화재나 구급 요인이 발생한다면 우리는 한 명의 소중한 가용 인력을 잃게 되는 것이니까요. 그래서 그런 짓을 한 사람에게는 개인적 폭행의 책임만 물을 게 아니라 국가적 손실을 야기한 데 대한 징벌적 배상까지 청구해야 한다고 저는 생각합니다. 물론 우리나라의 사법체계가 물러 터졌다는 지적은 어제오늘 일이 아니지만요. 예의 그 '주취 감경'이라는 것도 말이에요, 다른 나라에는 잘 없는 우리만의(?) 독특한 사법司法 잣대 같은데, 적어도 남을 돕는 분들을 상대로 적반하장 폭력을 휘두른 자에게는 제발 좀 적용을 '안 했으면' 하는 작은 바람이 있습니다.

제5장

청춘은 벚꽃

'좋을 때다'의 의미

우리 같은 중년층이나

좀 더 지긋한 장·노년층에서

젊은 세대를 바라보며

흔히 쓰는 표현이 있습니다.

"에이그- 좋을 때다!"

자… 이 말 뒤에 숨어있는

진짜 속뜻은 과연 무엇일까요?

1번) 철딱서니들, 하는 짓 하고는…

2번) 너희들이 세상을 뭘 알겠니…

3번) 가여운 청춘들…

4번) 부러운 청춘들…

제 생각은,

4번입니다.

과정과 결과

젊었을 땐 '과정'을 인정해줍니다.
실패도 용인해줍니다.
그러나 나이 들수록 인간은
'결과' 위주로 평가받게 됩니다.
실패는 곧장 무능이라는 낙인으로
귀결되고는 합니다.

젊은 날의 실패는 '시행착오'로서
평가를 유예받지만
늙은 날의 실패에는
그리들 관대하지가 않습니다.

세상이 그렇습니다.
착오는 용서 가능한 것, 그러나

과오는 사면이 어려운 것입니다.

'과정'과 '결과'
모두 부끄럽지 않은 것은
젊었을 때의 일입니다.

그러니,
세상이 나의 도전과 시도에
너그러운 것도
오직 젊을 때입니다.
늙어갈수록 세상은 더 냉혹해집니다.
모든 것에 초연해질 것 같지만
사실은 그렇지 않습니다.

말년에 받아드는 인생 성적표에는
더 이상 권고나 개선사항 같은 것도
적히지 않습니다.

오직,
본인이 받아들이고 짊어져야 할
최후의 책임만이 남는 겁니다.

여행은 젊었을 때

나이 들수록 세상을 더 여유롭게 관조할 수 있을 거란 생각은 착각이다. 오래전 농경 시대에는 그럴 수 있었는지 몰라도 지금은 더 이상 그렇지 않다. 노년에도 노동으로부터 자유롭기가 쉽지 않고, 가족으로부터의 부양을 기대할 수 있는 시대도 아니다. 시간이건 물질이건 여유로워진다는 보장이 없다.

육신이 지닌 여유도 쪼그라든다. 신체 능력이 어느 것 하나 예전 같지 않다. 같은 거리를 걸어도, 똑같은 육체 활동을 해도, 젊은 사람보다 훨씬 더 쉽게 피곤해진다. 몸이 지치면 마음도 다시 여유를 잃는다. 악순환이다. 그래서 나이 들어서의 여행은 젊었을 때와 결코 같을 수 없다. 이동 자체가 힘들어지니 배낭 여행이나 순례길 종주 같은 낭만은 꿈꾸기 어렵고, 보고 듣고 맛보고 느끼는 모든 감각의 즐거움도 청춘 시절만 못하다. 여행의 행복이란 점점 신기루 같은 것이 된다.

무엇보다 슬픈 건, '감동' 자체가 줄어든다는 것이다. 나이 들수록 여행지에서 받는 감동이 젊은 시절처럼 다채롭고 풍성하지 않다. 파리의 노천카페에 앉아도 20대 때처럼 설레지 않고, 몰디브의 옥빛 바다에 누워도 감동보다는 더위가 먼저 육박해온다. 현지식 아무거나 먹어도 꿀맛이던 시절은 끝났고, 늙은 여행객은 가는 곳마다 한인 식당 위치부터 뒤적거리게 된다. 물론 사람 차이는 있을 것이다. 늙어서도 여전히 여행에 특화돼있는 사람이 있을 것이고, 늙지 않았는데도 여행의 매력으로부터 일찌감치 멀어진 사람이 있을 것이다.

분명한 것은 '기회'의 측면으로 볼 때 명백히 청춘에게 더 많은 것이 부여된다는 것이다. 걸을 기회, 뛸 기회, 맑은 눈으로 볼 기회, 또렷한 귀로 들을 기회, 생생한 미각으로 맛볼 기회, 그리고 두방망이질치는 심장으로 느낄 기회…. 이 모든 기회가 청춘에게 더 온전히 주어진다.

그러니 잡아라. 한 번의 기회라도 더 잡아야 한다. 떠날 수 있을 때 떠나고, 머물 수 있을 때 더 머물러야 한다. 현실의 속박과 고충은 현실공간 안에서 마주하면 된다. 여행은 그걸 잊기 위해 떠나는 것이고 여행의 공간에서는 감동 외엔 그 어느 것도 생각하지 말아야 한다. 무엇보다 하루라도 빨리, 한 번이라도 더 떠나고, 거기서 모든 소박한 행복을 누려라. 비싼 곳, 먼 곳이 아니어도 좋다. 혼자라도, 혼자가 아니어도 좋다. 청춘에게는 현실공간 바깥의 어느 곳이나 낙원이 될 수 있다. 비록 누릴 시간이 한정된 낙원이지만 그러므로 더욱 아름다운 것. 떠나기 전날 짐 싸는 일이 설렘으로 남아있는 한 당신은 떠나야 한다.

많은 여행으로 더 이상 여행의 소중함을 절감하지 못하게 된 사람은 짐 싸고 푸는 일 자체가 고역이 된다. 남의 얘기 같다고? 아니다. 당신도 언젠가 그리 될 것이다. 그러니, 그 서글픈 현실이 닥치기 전에 떠나라. '열심히 일한 당신'만 떠날 수 있는 것이 아니라 '열심히 일하지 못한 당신'도 떠나라. 그곳에서 낯선 꿈을 꾸고 이상을 발견하고 어쩌면 남은 생을 이끌어갈 새로운 '일'의 영감을 얻을지도 모를 일이다. 여행은 젊음이 누릴 수 있는 최강의 특권이다. 이것은, 누리지 못한 늙어가는 자의 입증된 탄식이다.

벚꽃 청춘

벚꽃은 도깨비다.
쓸쓸하고 찬란하다.
쓸쓸해서 찬란하고,
찬란해서 쓸쓸하다.

벚꽃은 청춘이다.
찰나이고 아름답다.
찰나여서 아름답고,
아름다워 찰나이다.

어느 해였던가.
집 앞에 만개한 벚꽃을 보고
갓 십 년을 산 어린 아들이 말했다.
"흠. 예쁘긴 예쁘네."

무뚝뚝하고 심드렁한,

철모르는 사내아이 입에서도

예쁘다 소리는 절로 나온다.

나는,

금방 지므로 더 예쁜 거라고

지나는 말로 이야기해줬다.

언제쯤 이해할까?

이해할 즈음이면 나와 벚나무 아래서

술 한 잔 기울여줄까?

아니지. 여자 친구를 찾아가겠지.

그 둘이 꽃일 텐데….

나는, 낙화해서 밟히는 꽃잎처럼

늙어있겠지.

벚꽃은 찬란하다.

쓸쓸하지만 찬란하고

찰나이지만 아름답다.

언제 왔다 언제 사라지는지 모를

도깨비이고, 청춘이어서,

아름답다.

좋은 것들과의 이별

젊은 시절을 나는 '맥덕(맥주 덕후)'으로 살았으나 40대 중반으로 넘어오면서부터는 그 타이틀도 슬슬 내려놓아야겠다는 생각을 하기에 이르렀다. 나는 새벽 뉴스 때문에 초저녁에는 자야 하므로 식사를 생략하고 맥주 한두 잔으로 억지 잠을 청하는 일이 많았는데, 밥 대신 먹는 그 맥주의 맛이라는 게 영 밥맛 같지도 맥주 맛 같지도 않아진 것이다. 수제 맥주, 로컬 맥주의 붐을 타고 좋은 맥주는 끊임없이 등장하건만 내 장기들은 더 이상 '좋은' 상태가 아니다. 나이가 들며 위와 간, 췌장 등의 상태가 발랄함을 잃어 가면 혀와 목구멍 상태도 그에 맞춰 시무룩해지고 만다. 그래서 맥주 맛도 '예전 그 맛'이 아니게 되는 것이다.

그것은 술맛 자체에 문제가 있는 것이 아니라 철저히 내 몸의 내구성 문제와 연관되어 있다. 라면, 과자, 아이스크림,

술… 젊었을 땐 이런 '나쁜' 음식들이 죄다 맛있었는데 나이 들수록 그렇지 않다는 건, 몸이 더는 그런 것들을 소화하기 버거워한다는 반증이다.

슬픈 일이다. 즐거운 걸 즐기지 못하고 좋은 걸 좋아하지 못한다는 것 말이다. 우리 삶에는 적당한 '나쁜 짓'으로부터 얻는 소소한 낙이라는 것도 있는데 늙어갈수록 그런 것들이 하나둘씩 박탈되어가는 느낌이다. 나쁜 짓에도 때가 있다는 우스갯소리는 그런 맥락 위에 있다. 그러니 '선'을 벗어나지 않는 한 뭐든 젊을 때, 한 살이라도 어릴 때 즐기고 누리는 것이 맞다. 누린다고 누려도 나중에 가서는 후회만 남는 게 우리네 인생 아니던가.

'스포츠카의 비애'라는 말이 있는데, 빨간 스포츠카가 평생의 로망이었다 해도 막상 늙어 손에 넣을 기회가 생기면 뭔가 늦어버렸다는 생각에 주저하고 만다는 것이다. 금전적 시간적 여유가 생겼다 한들 몸과 정신, 감성 같은 것들이 받쳐주지 않으면 결국 허사라는 얘기…. 물론 이것은 상징적인 이야기이고 스포츠카를 아무나 사는 것도 아니겠지만 시간이 지날수록 더 손에 쥐기 힘든 것이 어디 스포츠카뿐이겠는가? 때가 지나면 행복한 일도 더 이상 행복하지가 않고 갈망할 대상 자체가 사라져간다. 인생의 시속은 나이의 숫자와 대략 비례하므로 등 뒤로 사라지는 모든 것들은 돌아서 붙잡기가 점점 어려워진다. 그러니 지금이다. 즐기고 행복해할 적기는 바로 지금, 당신이 조금이라도 더 멀쩡한, 지금 이 순간 말이다.

미처 알 수 없었던 것들

서점 바닥에 아무렇게나 앉아 책을 읽고 있는 젊은이들의 모습은 아름답다. 학교 도서관 구석에 기대어 책을 뒤적거리던 젊은 날의 나도 그랬을 것이다. 존재 자체만으로도 아름다운 시절에는 누구도 자신의 아름다움을 잘 모른다.

세월이 지나 아름다움을 인지하게 되면 그것은 이미 나의 것이 아닌 것. 이제는 서점 바닥에 쭈그리면 허리가 아플 것이요 도서관 서가에 오래 서면 다리가 쑤실 것이다. 그저 할 일 없는 아저씨 정도로 보이지 않으면 다행이겠지.

지난해 여름은 볕이 너무 강해 양지에 서지 못하고 살았다. 여름 하늘은 너무 작렬해서 쳐다보기도 힘든데, 그것은 너무 강렬해서 정면으로 응시하기 힘든 청춘과 같은 것이다.

그래서 우리가 하늘이 아름답다는 걸 가장 절실히 깨닫게 되는 계절은 다름 아닌 가을이다. 가을이 되어서야 비로소 우리는 하늘을 다시 쳐다보고 그 아름다움에 새삼 눈을 뜨는 것이다.

청춘이 그토록 아름답다는 걸 느끼는 것도
청춘이 지나버린 뒤에야 찾아오는 깨우침이다.
청춘은 여름 하늘.
장마 속에서도 끝끝내 숨어서 빛나는,
파아랗게 작렬하는 하늘과 같은 것이다.

한때 맞았고 지금은 틀린 얘기

<아프니까 청춘이다>란 책을 보면 사람의 일생을 24시간에 빗대어 청춘은 오전 6시의 신새벽이니 희망을 가지라 역설합니다. 그 논리는 일견 타당한 논리입니다. 공감을 이끌어내는 훌륭한 아포리즘입니다. 새벽 6시라는 건, 그 이후에 남아 있는 18시간의 모든 가능성을 열어둘 수 있는 시각이기 때문입니다. 그러나 그 책이 나온 지도 어느덧 10년 세월이고, 그 사이 청춘이 처한 현실은 많이 달라졌습니다.

우선 새벽 6시라는 시각이, 모든 날(모든 인생·모든 시대에) 똑같이 적용할 수 있는 것은 아닙니다. 만일 6시에 일어났는데 바깥엔 비바람이 몰아치고 하루 종일(24시간 내내) 그 날씨가 이어질 거 같다고 생각해 보세요. 해를 보는 건 둘째 치고 아예 바깥으로 나가기도 힘들 것 같은 날씨…. 이 시대 청춘에게 드리운 마음의 날씨라는 것이 대저 그런 것입니

다. 하루가 시작되긴 됐는데 도무지 활기를 찾기가 힘들어 보이는 암울한 날씨 말이죠.

똑같은 6시라 해도, 해가 뜨는 날의 6시와 그렇지 않은 날의 6시는 완연히 다릅니다. 언제든 바깥으로 뛰쳐나가 신선한 공기를 마실 수 있는 새벽과, 온종일 집에만 갇혀있으라고 선고하는 새벽은 비교가 불가합니다. 지금의 기성세대가 "오늘 어떻게든 한 번은 해가 뜨긴 뜹니다." 라는 일기예보와 함께 새벽 6시를 맞이했다면, 작금의 청춘은 "오늘 영영 해가 안 뜰지도 모른다."는 어두운 예보로 아침을 맞고 있습니다. 그 아침이 옛날의 아침과 똑같다고, 무작정 기분을 활짝 열어 보라고, 권유해서는 안 됩니다.

시대가 그런 시대입니다. 개천에서 용 날 수 없고 날 때부터 출발선이 다른 '기울어진 운동장'이 문 밖에 있습니다. 이 사실을 인지하지 못하면 소통은 바로 단절됩니다. "나 때는 말이야" 라는 소리는 '그때'의 청춘들에게나 할 얘기입니다. 기회라도 있었던 과거와, 기회조차 희박한 현재를 동일 선상에 놓는 것 자체가 어불성설입니다. 화자 스스로에게 '꼰대'라는 명패만 내거는 일입니다.

거듭 말하지만 1980~90년의 새벽 6시와 2020년의 새벽 6

시는 다릅니다. 이 시대 청춘의 아픔을 논하려면 이 차이에서부터 시작해야 합니다. 그것이, 정치인들이건 행정가들이건 언론인이건, '대책'을 모색해야 하는 자들의 출발점입니다.

베스트 드라이버

"너와 내 청춘의 아픔이 한 권의 책으로 위로가 될까?"

제가 가장 좋아하는 힙합, 행주의 'Best driver' 가사입니다. 제목 <베스트 드라이버>는, 저마다의 삶을 최선의 노력으로 운전해 나아가는 우리 모두를 응원하는 문구입니다. 힘들고 아프고 허점투성이여도 우리는 결국 각자 인생의 '베스트 드라이버'라는 응원의 메시지를 담고 있습니다.

"끝이 보일 듯 안 보이는 긴 터널의 반복.
정체돼 있는 삶이어도 엔진을 더 달궈.
계속 추월당해도 돼, 잠시 돌아가도 되니까.
Cuz I'm BestDriver. I'm the best driver.
(중략)
왜 나만 비포장 도로 위를 달리는지,
왜 나만 비보호 기로 앞에 놓이는지,

(중략)

그래 계속 추월당해도,

긴 터널에 갇혀 정체되어도,

내 신발의 밑창이 마모되도록

쳇바퀴 굴러가게 내버려 둬.

되물어

더 드라마틱한 내 삶을 꿈꾸는 법.

멈추지 말고 엑셀을 밟어.

연기를 뱉어 내버리듯.

Cuz I'm BestDriver. I'm the best driver."

기성세대가 청춘에게 늘어놓는 공허한 조언이 아니라, 청춘이 청춘을 어루만지며 쓴 가사라 더욱 공감의 폭이 넓습니다. 저는 특히 "청춘의 아픔이 한 권의 책으로 위로가 될까?" 라는 가사에 무릎을 치게 됩니다. 한편으로는 뭔가 미안함 같은 것도 들고 말이죠. 무릎을 치는 것은, 한때 아픈 청춘이었던 내 지난 시절의 공감대에 기반하는 것일 테고, 미안함은, 지금 이 시대 청춘을 바라보는 기성세대로서의 부채 의식에 가까울 겁니다. 작가로서도 마찬가지이고요. 힙합이 젊은 이들의 전유물처럼 여겨진다지만 가사를 곱씹어 보면 이렇듯 나이든 사람일수록 외려 공감하게 되는 경우도 없지 않습니다.

이 노래와 '패키지'로 묶어 볼 영화로 저는 이준익 감독의 <변산>을 추천합니다. 주인공(박정민 扮)이 힙합 래퍼로 등장한다는 점에서 이미 공통분모를 깔고 있지만 무엇보다 영화 속에 기막힌 문학적 표현들이 대사와 낭독으로 넘쳐납니다.

"내 고향은 폐항.
내 고향은 가난해서
보여줄 건 노을밖에 없네."

"강남은 동맥만 뻥뻥 뚫려 있는디
강북은 골목골목
실핏줄이 살아있다고 해야 하나."

"첫사랑은 이루어지지 않음으로
완성되어진다."

"그를 사랑한 것이 아니고,
그를 사랑한 나의 마음을 사랑한 것이다."

어떤가요? 당신의 고향, 당신의 골목, 당신의 사랑, 당신의 청춘과도 맞닿아 있지 않은가요? 청춘은 풍요와 완성이 아닌 결핍과 미완성의 추억일 때 더욱 아련하게 남는 건지도 모르겠습니다.

말을 하기 전에 그 말이
3개의 문을 통과하게 하라

첫 번째 문: 그 말이 사실인가?
두 번째 문: 그 말이 필요한가?
세 번째 문: 그 말이 따뜻한가?

- < 이슬람 수피 속담 >

제6장

나를 비추는 거울

256GB의 빚

2~3년에 한 번씩 새 휴대폰을 받아 들면 나는 '아! 또 빚을 졌구나….' 라는 각성부터 하게 된다. 회사가 계약해서 주는 법인 폰이라 그런 것도 있겠지만, 그 폰으로 또 얼마나 구업口業을 지을지를 생각하면 뒷목이 서늘하기 때문이다.

휴대전화기는 말빚의 보고寶庫다. 음성 통화, 영상 통화, 문자 메시지, SNS, 온라인 메신저…. 온갖 '말'의 파편들이 그 작은 기계 속에서 뒤엉킨다.

가장 최근에 받은 휴대폰은 용량이 '256 기가바이트GB' 라는데, 이공理工적 감각이 전무한 나로서는 그것이 얼마나 큰 건지 모르겠으나, 적어도 '1 기가바이트' PC 시절의 말빚보다는 '256배' 더 많은 구업을 쌓게 할 거라고, 즉시적 추산을 해본다. 그런 예측쯤은 나도 궁리 가능하다. 오래전 한때 '기가'

라는 용어의 등장만으로도 흥분한 시절이 있었는데 고작 그 용량을 장착하고도 비대했던 컴퓨터는 지금 보기엔 돌덩어리다.

그러나 무겁고 느린 가운데에서는 말빚을 쌓을 기회도 그만큼 줄어든다. 지금은 모든 시스템이 너무 가볍고 빠르기 때문에 말빚 또한 날개를 달아 빛의 속도로 날아다닌다.

256기가… 256배의 구업…

앞으로는 점점 더 많은 용량, 더 빠른 속도로 스마트 월드가 가동될 터이니 나의 빚 또한 제곱·세제곱의 속도로 기하급수幾何級數해 갈 것임이 뻔하다.

당신도 하늘을 보고 있나요

2020년은 그 숫자만 상서롭지 실제로는 코로나19와 수해 때문에 난리 통이 빚어졌는데, 한 해 앞서 2019년만 해도 우리나라에 참 상서로운 일들이 많았던 걸로 기억된다. 대중적인 것부터 꼽자면 '방탄소년단' 열풍에서부터 시작해 세계 영화계를 뒤흔든 '기생충'의 쾌거, 또 스포츠 월드스타로 우뚝 선 손흥민과 류현진의 활약, 거기에 U-20 월드컵 준우승의 신화까지…. 국민들이 그야말로 기뻐서 펄쩍펄쩍 뛸 일들이 적지 않았다.

'뽕'이라는 말은 본래 '히로뽕'에서 비롯됐으니 그 자체로 썩 좋지 않은 의미를 내포한다 할 텐데, 요즘은 극도로 기분 좋고 극도로 기쁜 일에도 이 접미사를 많이들 갖다 붙인다. '국뽕' 같은 말이 그렇게 탄생했다. 나라의 경사스러운 일로 국민들의 자부심이 하늘 높이 치솟을 때, 마치 '뽕(마약)' 맞은 것처럼 기분이 희열에 취한다고 슬쩍 빗대는 표현이다.

2019년은 그러나 이런 '국뽕'만 가득했던 해는 아니다. 내게는 '하늘뽕'으로 더 기억되는 해이다. 그해 여름 초입에 태풍에 버금가는 강풍과 호우가 몇 번 닥치더니, 이상하게도 그 이후로는 줄곧 '하늘 도화지'에 찬란한 그림들이 자주 펼쳐졌다. 찬란한 그림이란, 높고 파란 하늘에 흰 구름 떼가 영묘하게 조화를 이루는 것이기도 하고, 지는 해에 강렬히 물든 노을의 물감 쇼를 말하는 것이기도 하다. 평소 하늘 보기를 '꽃같이' 해온 사람이라면 아마 나와 유사한 기억을 공유할 수도 있을 것이다. 2019년의 하늘이 얼마나 자주 아름다웠는지, 얼마나 자주 감동을 줬는지…. 그토록 가슴 뛰게 만드는 하늘 그림이 많이도 펼쳐진 시절, 아마도 다른 해에는 없었던 것 같다.

해외 스포츠나 문화계에서 우리의 인재들이 활약하는 날이면 관련 기사의 댓글을 보는 재미도 쏠쏠한데, 그 재미의 요체는 동질감, 유대감, 연대의식에서 오는 만족이다. '아! 나 말고도 지금 많은 사람이 이렇게 같은 감동을 느끼고 있구나!' 하는.

그런데 하늘이 예쁜 날도 마찬가지다. 창공의 도화지가 눈부신 그림을 그려낼 때, 그 시각 SNS에 올라오는 친구들의 포스팅을 보면, 비록 서로 다른 곳에 있어도 같은 하늘을 보며 감동하고 있음을 확인할 수 있다. 이때 우리에게는 따뜻하고 뭉클한 공감대가 형성되게 되는데, 자연을 매개로 하여 그 어떤 '악'도 개입하지 않은 것이니 그야말로 무해한 '뽕'이 아닐 수 없겠다. 삶의 고단함을 잠시 잊게 해주는 무공해 마취제이자, 그저 평화롭고 긍정적이기만 한 집단 도취 아니겠는가?

'이 우주 속에서 너와 내가 친구고, 우리는 지금 같은 하늘 아래 행복하도다.'

간혹 스포츠나 문화예술계의 '국뽕'은 집단 분노나 좌절감으로 전이되기도 한다. 기대했던 결과가 안 나왔거나 우리 인재들이 세계무대에서 실패하는 모습을 지켜봤을 때 말이다. 그러나 이 우주와 자연이 선사하는 '하늘뽕'은, 취해도, 취해도, 아무런 부작용이 없거니와, 평소의 분노, 좌절감 같은 부정적 감정들을 오히려 달래줌이 있다 하겠다. 이때 이런 긍정의 에너지를 공유하고 확산해주는 SNS는 비로소 '순기능'의 영역에 들어서게 된다. '소셜 네트워크 서비스'가 가진 좋은 기능 가운데 하나를 꼽으라면 나는 주저 없이 이런 '하늘뽕' 같은 것들, 다시 말해 '맑은 감성의 공유'를 꼽을 것이다.

나를 바꾼 SNS

그리 오래 하진 않았지만 인스타그램이라는 SNS 활동을 하면서 저는 정말이지 '좋은' 사람들을 많이 알게 됐습니다. 주로 책과 관련된 피드를 게재하거나 내 글을 직접 써서 올리다 보니, 이른바 '북스타그램'을 하는 분들과 교류가 많아졌고 그들 대부분은 순수했습니다. 그런 분들과 친구를 맺고 날마다 그들의 '따뜻한' 이야기들을 접하면서 저는 새삼 제가 '못되게' 살아왔다는 생각을 하기도 했습니다. 타고난 성정이 원래 그런 측면도 있겠거니와 직업 자체가 삭막했던 탓도 있을 겁니다. 저의 본업인 기자라는 일은 사실 '따뜻함'을 잃기 딱 좋은 직업 가운데 하납니다. 아마 이 바닥에 몸담은 사람이라면 누구도 부인하기 힘들 겁니다.

일단 잘 '믿지'를 못합니다. 의심은 기자의 기본 자질처럼 여겨져서 그렇습니다. 사실 그 의심이 있어야 문제의식을 갖고 모든 사안의 이면에 접근할 수 있는 건 맞습니다. 의심도, 문제의식도 없이, 보이는 대로 믿고 말하는 대로 받아 적는다면 본인도 속고 대중도 속이게 됩니다. 그래서 의심이 강박처럼 자리 잡게 되는데 그건 그대로 직업병이 됩니다. 일종의 부작용으로서 말이죠. 믿어야 할 것들도 믿지 못하게 되는 패착이 종종 발생합니다.

믿음이 없으면 무엇보다 사람 간에 온기가 생성되지 않습니다. 마음을 못 엽니다. 웬만한 사람은 다 의심의 대상이 되고 '관계'는 진위眞僞의 벽에 갇혀버립니다. 아무리 상대가 따뜻한 말을 해줘도 이쪽에서 마음의 문을 닫으면 그 온기는 문지방을 넘지 못합니다. 살면서 한 번쯤 '기자'를 상대하는 일에 어떤 '차가운' 기억이 덧붙여져 있다면 아마도 그런 연유에서일 겁니다. 호의를 호의로 받아들이지 못하는 건 무엇보다 본인의 불행입니다. 호의가 호의로 돌아오지 않는 걸 봐야 하는 상대가 그 다음 불행자입니다. 그 불행의 고리 속에 갇힌 사람들이 이 업계에 의외로 많습니다. 저도 오랜 기간 그랬던 것 같습니다.

또 하나, 이 일을 하다 보면 세상 험한 것들을 자꾸 보고 살아야 합니다. 사람이 죽고 차가 부딪치고, 서로가 서로를 속이고 해하는 수많은 일들…. 그 사건 사고의 강물에 매일 같이 손발을 담가야 합니다. 음모와 사기, 흉악범죄는 끊이질 않고 재해 현장에 가면 숱한 주검들을 마주해야 합니다. 투신 자살이 벌어진 지하철 선로에는 사망자 몸의 일부가 눌러 붙습니다. 열차 바퀴와 레일의 마찰, 그 기계적 열기 아래 사람이 끼었기 때문입니다. 제보를 받고 현장에 도착했던 20년 전의 사회부 기자는 그 '몸'의 일부를 손으로 긁어 떼어내던 경찰관에게 태연하게 '몸'의 신원을 물었습니다. 그게 접니다. 저는 그때 이미 그렇게 죽음 앞에 무감각해져 있었습니다.

비슷한 무렵 김해 야산에 중국 여객기가 추락했던 날은 그런 시신을 가장 많이 본 날이었습니다. 서울서 급파된 저를 맞이한 건 첫 번째는 장대비였고 두 번째는 어둠, 세 번째부터는 시신이었습니다. '솟대산'이었던가요, 비행기는 꼭대기에 추락했고 거기까지 올라가는 길은 시신들이 내려오는 길과 일치했습니다. 제가 올라가는 반대 방향으로 들것에 실린 유해들이 끝도 없이 내려왔습니다. 산중의 그 깊은 어둠과 빗속에서 시신을 마주해도 무섭지가 않습니다. 그저 빨리 현장에 도착해서 '명' 받은 일을 해야겠다는 생각밖에 없습니다. 그 기계화된 마음, 메마른 마음…. 사람이 사람 시신을 보면 무서워야 합니다. 그렇지 않은 사람은, 본인이 더 무서운 존재가 되어버린 걸지도 모르겠습니다. 경찰 같은 직업이 그렇고, 기자도 그런 무리로 분류할 수 있습니다.

세 번째, '썩은' 것들에 무감각해질 수 있습니다. 고위층 비리, 권력자들의 일탈… 하도 그런 일들이 많다 보니 그걸 적는 펜은 거의 기계적으로 움직입니다. 그러나 손이 기계처럼 움직인다고 머리도 그래서는 안 됩니다. 분노할 일에는 분노해야 하는 것입니다. 하지만 안타깝게도 손에서 시작된 기계화는 결국 머리로 번지기도 합니다. 판단은 멈추고 작동만 남습니다. 그저 인과관계만 정확히 기재하는 '작동'의 기사….
나쁜 자를 보아도 화나지 않고 아픈 이를 보아도 가련하지 않습니다. 뉴스로, 기사로 객체화된 대상은 '김 모 씨, 이 모 씨'로만 존재합니다. 얼마나 많은 기사를 저는 그런 식으로 썼을까요? 셀 수 없을 겁니다.

다시 SNS 공간으로 돌아와 친구들이 남긴 게시글, 댓글 하나하나를 봅니다. 과거의 제가 썼던, 그런 기계적 글이 아닙니다. 한 자 한 자에 배려와 존중, 진정성이 묻어있고 그것은 제 부끄러움을 일깨웁니다. 동시에 감동을 안깁니다. 세상에 이렇게 맑고 착한 사람들은 많았습니다. 다만 그걸 잊고 살았던 거지요. 어쩌면 제가 속한 집단에서도 저는 유독 메마른 사람이었을지도 모릅니다. 사람으로 가는 마음의 통로는 단단히 얼어있었습니다. 그 얼음은, 기사가 아닌 다른 글을 쓰기 시작하자 조금씩 녹았고, 그 글을 따뜻한 분들과 공유하면서부터 본격적으로 녹아내리고 있습니다. 나의 친구들은 그렇게 새로운 길로 나를 인도한 사람들입니다. 이 말에는 어떤 가식도 과장도 없습니다. 나의 온라인 친구들에게 약소한 감사를 전하고 싶습니다.

온라인 인연

사람이 오는 건 그 사람의 '일생'이 육박해오는 거라는 말도 있지요. 그것이 오프라인·온라인 다를 리는 없습니다. 현실 공간이건 사이버 공간이건 사람은 사람이고 관계는 관계여서, 맺고 끊는 일은 똑같이 설레고 똑같이 아픕니다. 어떤 분들은 SNS 계정에 들어가면 이렇게 써놓으셨어요.

"언팔[1] 하지 마세요, 마음 아파요."
"언팔 하면 차단, 언팔 응징!"

팔로우 같은 데 너무 집착하는 거 아니냐고 지적할 수도 있겠지만, 따지고 보면 집착은 인간관계의 본질에 가깝기도 합니다. 거기서 완벽히 자유로우면 '성인'의 반열에 들어가게요? 다만 너무 지나칠 정도로 일희일비하면 본인 삶이 피곤해질

1 언팔로우(Unfollow)의 준말로 SNS에서 팔로우를 취소하는 것을 뜻함.

수는 있을 겁니다. 그저 물 흐르듯이, 오면 오고 가면 가는 것을 순리로 받아들이는 덤덤함, 그것이 이 '사회 관계망 서비스'에도 필요한 지혜가 아닐까 싶습니다.

'따름following'을 끊고 떠나가는 사람 너무 미워하지도 마세요. 오는 것도 자유였듯이 가는 것도 자유고, 곁에 와서 머문다 한들 어차피 '내 사람'인 것도 아닙니다. 진짜 인연이 될 사람은 갔다가도 돌아오고, 잡지 않아도 머물고, 그렇더라고요.

만난 적 없지만 제법 친밀하게 교류하던 '인친[2]'이 간혹 말없이 팔로우를 끊는 경우가 제게도 물론 있습니다. 그럴 수 있지요. 분명 이유가 있었을 겁니다. 말 못 할 사연이 있을 수도 있고 제 게시물 중 무언가가 마음을 불편하게 했을 수도 있습니다. 물론 떠난 사람을 보고 있노라면 서운하고 섭섭한 감정이 들 수도 있겠지요. 하지만 '오죽했으면….' 이라는 생각에 이르면 또 괜찮아집니다.

저는 어떨 때는 말 없이, 떠나간 분의 계정에 들어가 그 사람의 가장 아름다운 순간, 가장 빛나는 순간이 담긴 게시물에 '좋아요'를 살짝 누르기도 합니다. 그것은 제 나름의 소소한 이별 의식이기도 합니다. 이것을 '뒤끝'으로 보신다면 그건

2 인스타그램상의 친구, 인스타 친구의 준말

상당히 '동심 파괴적'인 시각이고요, 그리하는 제 의도는 변치 않는 '지지'를 표시하는 겁니다. 팔로우 관계는 끊어졌어도 나는 여전히 당신을 응원하고 지지한다는 메시지랄까요? 사진이든 글이든 가장 빛나는 피드를 골라 '좋아요'를 누르는 것도 그런 맥락입니다. 앞으로도 계속 빛나는 삶을 사시라는 응원인 거죠. 그러다 보면 또 어떤 분들은 다시 팔로우로 돌아오기도 하고, 어떤 분들은 팔로우를 안 해도 종종 들어와서 댓글도 남겨주고, 그렇습니다. 사람 관계가 그렇게 자로 재고 칼로 자르듯 똑 부러지게 돌아가는 건 아니잖아요? 인연이라는 게, 이까짓 '맞팔·언팔' 같은 걸로 좌우되는 것도 아니고요. 저는 그렇게 믿습니다. 오래 갈 인연, 언젠가 다시 만날 인연이라면 클릭 같은 '손가락질'과는 상관없이 어떻게든 또 이어집니다.

인스타그램을 하면서 얻게 된 중요한 깨달음 하나가 더 있습니다.

'누구에게도 편견을 갖지 말 것!'

혹시, 처음 다가오는 계정을 접할 때, 그 사람이 보유한 '팔로워 수' 같은 걸로 상대의 가치를 계량하신 일이 있나요? 혹은, 게시된 사진의 퀄리티로, 첨부된 글의 정보성으로 그 사람의 됨됨이를 측정한 적은요? 제가 경험에서 말씀드리건대 그것은 아주 큰 오판으로 이어질 수도 있습니다. 팔로워가 10명 남짓밖에 안 돼도 제가 마음으로 존경하게 된 분이 있고 팔로워가 10만 명이 넘어도 제 눈엔 측은하고 한심해 보이는 사람이 있습니다. 게시물의 화질이 흐려도 게시자의 '눈'은 또렷한 경우가 있고 반대로 게시물의 때깔이 화려해도 게시자의 '영혼'은 초라한 경우가 있습니다. 그러니 부디 편견을 가지지 마세요. 나에게 온 소중한 인연, 그 선물 같은 기회를 놓치는 것일 수도 있으니까요.

쓰고 보니 문득 이 글 아래에는 몇 가지 '해시태그'를 좀 붙여보고 싶네요.

#관계 #친구 #사람 #만남 #이별 #사랑 #믿음 #응원
#팔로우 #언팔로우 #선플 #악플 #선팔 #맞팔 #언팔
#인연 …

여러분의 삶, 여러분의 SNS에는 어떤 해시태그가 많이 붙어있나요?

이름이라는 재갈

기자로 살다 보면 수많은 사람을 만나고 그만큼의 명함을 받아서 쌓아두게 된다. 그것 또한 하나의 '업業'이다. 사람을 만나고 사람을 알아가고 그 사람의 이름 하나 하나가 내 삶의 영역으로 들어와 쌓인다는 것은 실로 무거운 업이 아닐 수 없다. 거듭 말하지만 '사람이 온다는 것은 한 사람의 인생이 통째 육박해오는 일' 아니겠는가? 명함 한 장 한 장에도 그대로 적용 가능한 이야기이다.

이 시대의 사람들은 자기 이름을 타인에게 전달하는 방식과 창구가 참으로 다양해졌다. 소셜 미디어를 이용하는 사람은 SNS 프로필을 통해 자기가 누군지를 알릴 수 있고, 생업 전선에서 뛰는 사람들은 톡톡 튀는 개성적 명함을 찍어 돌리거나 인터넷 포스팅 글을 통해 자신을 알리기도 한다. 명함은 이미 오래된 문물에 속해 다소 진부하게 여겨질 수도 있지만 그래도 명함만큼 명징한 것이 없고, 자세히 뜯어보면 그 안에 여러 가지 흥미로운 메타포가 숨어있는 걸 발견할 수가 있다. 무엇보다 한 사람의 명함을 들여다보면 그 사람이 살아온 궤적과 앞으로의 살아갈 방향성 같은 것들이 상징적으로나마 엿보인다. 명함에 적힌 직함 하나하나, 디자인 한 조각, 소개 문구 한 줄에도 그 사람이 추구하는 삶의 스타일과 지향점 같은 것들이 담겨있는 법이다.

예컨대 우리가 소위 '사짜'라 부르는 사기꾼 성향의 인물들을 보면 명함에서부터 은연중에 그런 색깔이 드러나고는 한다. 일단 자기소개가 장황하다. 직책, 직함이 지나치게 많고 설명이 구구절절이다. 어디어디 협회장, 무슨무슨 모임 간부, 듣도 보도 못한 각종 단체명들이 줄줄이 등장한다. 그 많은 조직에 한꺼번에 발을 담그고 사람이 바빠서 어찌 살아가나 싶을 정도다. 어차피 이름은 누구든 하나에 불과한데 하는 일과 몸담은 단체가 열 몇 개씩 된다면 그것은 과장된 이력일 가능성이 높다. 그럼 우리는 직감하게 된다.

아! 이 사람은, 딱히 하나 '확실하게' 내세울 만한 알맹이가 없는 사람이구나!

또 현시욕이 강한 사람들은 명함부터가 비까번쩍해서, 어떻게든 자기를 과시하고자 하는 욕망을 그대로 투영한다. 금박·금테를 두른 디자인으로 이름을 치장하는가 하면 비싼 스튜디오에서 찍은 배우 못지않은 프로필 사진으로 명함의 전면을 채우기도 한다.

야망가들은 자신이 추구하는 목표나 가치관을 명함에 박아서 온천지에 천명하는 경우가 많다. 자신의 좌우명이라든가 가훈, 사훈, 또는 존경하는 인물의 명언 같은 걸 멋지게 인용해놓는다. 물론 그런 아포리즘이야 나쁜 내용일 리는 없지만 그걸 통해 자신이 어떤 '위치'로 가고자 하는지, 그 지향성을 선명히 드러내는 격이다. 예컨대 돈을 추구하는 사람은 재물 운과 관련된 명언, 지위·명예를 추구하는 사람은 성공과 관련된 상징 문구 등이 강렬하게 명기돼있다.

공무원들의 명함은 틀에 딱 박히어 규격에 꼭꼭 들어맞는다. 소속 부처, 소속 기관에서 정해놓은 '표준' 외에는 다른 어떤 변화나 개성도 담지 않는다.

공무원 중에서도 검찰 경찰은 어떤 '권위성' 같은 게 글자체나 디자인에 녹아들어 있는데, 그것은 딱히 뭐라 설명해내기는 어렵지만 받아본 사람은 누구나 알 것이다.

재벌 기업에서 일하는 임직원들도 가급적 점잖고 튀지 않는 명함 스타일을 추구한다. 그런 점에서는 공무원들과 크게 다를 바가 없으나 디자인의 세련됨이라든가 트렌드, 깔끔함에 좀 더 신경 쓰는 모양새다. 기본적으로는 자기가 몸담은 회사의 정체성이나 CICompany Identity를 최대한 녹여 넣으려 한다. 본인보다는 '회사'를 내세우는 데 더 주력한다고나 할까.

정보요원들의 명함은 참 재미있다. 그들은 명함이 가장 단출한 사람들이다. 아니 '극단적으로 간소한' 사람들이다. 이것저것 치장을 달지 않고 이름과 전화번호, 딱 두 개만 적어놓는 경우도 있다. 또는 가짜 회사명과 위장 직책을 써놓기도 하는데 대략 '○○실업, ○○상사, 아무개 과장' 이런 식이다. 아무래도 신분을 아무 데나 노출하면 안 되기 때문에 명함에도 아예 안 적거나 적더라도 가짜 정보를 적는 것인데, 실은 그렇게 해놓았기 때문에 더 '티'가 난다는 걸 본인들은 알랑가 모르겠다. (아니, 어쩌면 더 티를 내려고 일부러 그러는 걸까?) 어찌 됐건 정보요원들의 이 같은 명함 스타일은 결국 무엇을 말해주는가 하면, 그것은,

"나는 당신에게 나에 관한 어떤 정보도 주지 않을 것이다. 필요한 건 오로지 '당신의 정보' 뿐이다."

이 말을 우회하고 있는 거나 마찬가지다.

명함이라는 단어의 한자 구성을 보면 그것도 참 재미있다. 이름 명名자야 뻔한 거지만 '함銜'자는 여러 가지 묘한 뜻을 품고 있다. 사전을 찾아보면 가장 먼저 나오는 것이 '재갈'이라는 뜻인데, 말 그대로 '재갈을 물리다' 할 때의 그 재갈을 뜻한다. 뒤이어서 '직함, 관, 머금다, 입에 물다, 마음에 품다, 느끼다, 원망하다' 등의 뜻이 나오는데, 그중에서 우리가 인식하는 명함의 뜻에 가장 부합하는 건 역시 '직함' 정도가 되겠다.

그러나 나는 여기에 '재갈'이라는 뜻을 갖다 붙여도 일맥이 상통한다고 본다.

'이름의 재갈', '이름에 물리는 재갈',
'이름이라는 재갈', '이름이 만드는 재갈' ……

명함에 적힌 이름과 직책이 그 사람의 삶에 일종의 '재갈'을 물린다는 의미로서 말이다. 본인의 이름이 무엇이고 직책이 무엇인지는 결국 그 삶에 어떤 책임을 부여하고 행동반경까지 규정한다. 하는 일이 많고 소속된 곳이 많다는 건 그만큼의 굴레이고 제약이다. 이상적으로 볼 때 '완벽하게 자유로운' 사람이란 아무런 이름도 직책도 없는 사람일 것이다. 그래서 불가에서는 이렇게 말한다.

네 자신에 대한 설명을 단순화할 수 있어야 한다.
네가 누구냐 물었을 때 그저 "아무개입니다."
라고만 짧게 답할 수 있어야 행복한 삶이다.
거기에 더해 "나는 이런 사람이고, 저런 사람이고."
주렁주렁 설명을 달기 시작하면
너는 이미 그만큼의 '짐'을 달고 사는 것이다.
그 짐만큼, 인생이 괴로워질 것이다.

오만은 도마뱀의 목도리

고려 말 조선 초에 살았던 유명 재상 맹사성의 일화가 있다. 그가 열아홉 나이에 장원급제를 하고 파주 군수에 부임하니 관내 모든 유지들이 머리를 조아려 인사를 오는데, 고을 안에 있는 사찰의 승려들은 찾아오지를 않아 그가 직접 면面을 트러 왕림한다. 맹사성은 절간에서 할아버지뻘 되는 노승을 만나는데 짐짓 고견을 구하는 것처럼 다음과 같이 문問을 던진다.

"스님 생각에는 제가 이 고을을 다스리는 데 있어 가장 중요한 것이 무어라 보십니까?"

그러자 노승은 그저 특별한 것도 없는 무미한 대답을 내놓는다.

"그냥 뭐, 나쁜 일 안 하시고 착한 일을 많이 하시면 되겠지요."

맹사성은 이 건조한 대답에 심히 불쾌했던지 버럭 하며 따져 묻는다.

"아니 지금, 삼척동자도 다 알 법한 얘기를 군수인 내게 조언이라고 하는 겁니까?"

그러나 노승은 아무런 동요도 없이 온화한 얼굴로 말을 잇는다.

"자, 역정 내지 마시고 이리 앉아 맑은 차나 한 잔 드시지요."

그러고는 맹사성에게 찻잔을 건네어 따뜻한 찻물을 따르는데, 멈추지 않고 계속 들이붓는 바람에 끝내 물이 잔을 넘게 된다. 맹사성은 이제 화가 머리끝까지 치솟아 고래고래 소리를 친다.

"이 보오, 스님! 지금 무얼 하시는 겁니까? 물이 방바닥까지 흘러넘치지를 않습니까?"

노승은 또 천연덕스럽게 말한다.

"아이쿠 이거, 송구스럽게 되었소이다. 헌데, 사또께서는 어찌 찻물이 흘러넘치는 건 아시면서 본인의 '잘남'이 흘러넘치는 건 모르시는지요?"

이 말에 갑자기 맹렬한 부끄러움을 느낀 맹사성은 달아나듯 절간 문을 뛰쳐나가다 그만 이마를 문틀에 부딪히고 만다.

"쿵!"

노승이 그의 등 뒤에 대고 슬며시 웃으며 말한다.

"저런. 고개를 숙이셨으면, 부딪힘이 없었을 텐데요."

고개를 숙이지 않아 문틀에 이마를 찧는 건 그나마 나은 일이다. 고개를 빳빳이 들고 다니다 '사람'과 부딪치기 시작하면, 그 업보는 이마의 혹 정도로 해결될 일이 아니다. 어린 맹사성이 현대에 살았더라면 그에게는 '갑질'이라는 주홍글씨가 박혔을 것이다. 이 갑질은, 오만함이 행동으로 표출될 때 나오는 건데, 널리 알려지는 순간 사회적으로 딱 '매장 각'이다. 각계 유력인사들이 이른바 '갑질 동영상' 등을 통해 몸소 구현해 보인 바 있다.

"어딜 감히! 내가 누군 줄 알고!"

그런 영상을 보면 주로 이런 대사가 단골로 등장하는데, 보고 나면 대중들은 그가 '누군 줄'을(어떤 인간인 줄을) 아주 확실히 알게 된다.

대학 시절 아르바이트를 여러 번 했는데 그중에서도 제일 힘든 건 '사람 대하는' 일이었다. 특히, 모르는 사람들을 연쇄적으로 상대해야 하는 서비스 직종이 그랬다. 카페나 주점에서 서빙을 하는 일이 때로는 아파트 건설 현장에서 몸 쓰던 일보다 더 힘들게 느껴졌다. 이때 힘들다는 것은 육체적인 것보다 정신적인 것을 말하는데, 사람이 사람으로부터 '모멸'을 당하는 것만큼 견디기 어려운 일이 없기 때문이다. 이제나 그제나 식음료 업장의 알바생들을 가장 괴롭히는 건 '오만한' 태도의 손님들이다. 마음대로 반말을 하고 인상을 쓰고 심지어는 욕설까지 내뱉는 사람들. 그들을 보면서 청년기의 내가 느꼈던 건 '저렇게 살지는 말자'는 것이었다. 오만은 인간이 인간을 괴롭힐 수 있는 가장 악독한 수단 가운데 하나이므로.

그러나 조금만 더 생각해보면 오만한 사람은 그 자체로 불쌍한 사람이다. 그의 곁에는 마음으로 그를 대하는 친구들이 많지 않을 것이기 때문이다. 또 '있어 보이려고' 허세를 부리고 거만하게 구는 사람들 가운데 '정말로 있어 보이는' 부류는 찾기 힘들었으니 결국 오만한 자는 '없는' 자이다. '없어 보이는' 자이다. 이때 '없다'라는 것은 꼭 물질적인 것을 말하는 건 아니고, 정신적인 여유, 영혼의 내공, 마음의 덕德 같은 것들일 수도 있다. 또한 친구가 없다는 뜻도 첨언 가능하겠다.

세월이 흘러 요즘도 간혹 식당이나 마트 같은 데서 종업원을 함부로 대하는 사람들을 보게 되는데, 거의 대부분 무언가가 '결핍된' 혹은 '결여된' 사람으로 보인다. 그것이 교양이든, 지혜든, 능력이든, 지위든, 인품이든, 뭐든 말이다. 분명 남들보다 무언가 '모자란' 사람들이 오만한 자세를 잘 취하는 것 같았다. 자신의 모자람을 감추기 위해, 없는 자부심을 부풀리기 위해, 마치 도마뱀이 목도리를 치켜세우듯, 스스로를 과장하는 것이다.

그래서 갑질에 당하는 감정노동자들은 어쩌면 자신보다 한참 '못난' 사람들로부터 수모를 겪는 걸지도 모르겠다. 그럼에도 꾹꾹 참아주는 것은 그 사람들이 높아 보이고 두려워서가 결코 아닐 것이다. 오만한 사람 앞에 눈을 깔고 고개를 숙여줬다 해서 그걸 존중의 표현이라 믿으면 오산이다. 왜 그런 말도 있지 않은가?

"똥이 무서워서 피하냐? 더러워서 피하지."

만일 갑질로 자신의 오만방자를 과시하고 돌아서는 사람이 있다면, 여지없이 뒤통수로 저 말이 날아들고 있음을 알아야 할 것이다. 바로 그 순간, 갑질의 주인공은 다름 아닌 '똥'이 되고 있는 것이다. 무서워서 피하는 게 아니라 더러워서 피하는 똥, 냄새 나는 똥.

내게 무해한 미디어

나영석 PD가 선보이는 TV 프로그램들은 대개가 비슷해 보인다. 전체적인 주제나 콘셉트가 대동소이하다는 말이다. 멀게는 1박2일부터 꽃보다 ○○ 시리즈, 삼시세끼, ○식당 시리즈, 그리고 스페인 하숙까지…. 기본적으로 낯선 곳으로의 여행과 소박한 노동, 음식과 힐링 등이 키워드로 관통한다. 또한 등장인물들에게서는 늘 배려 같은 모범적 덕목들이 일관되게 관측된다. 짐을 끌고 다니며 길 안내를 하든 앞치마를 둘러매고 요리를 하든, 하나같이 솔선수범과 세심함이 엿보인다. 그것은 거의 모든 프로그램에 예외가 없어서 나 PD의 작품 세계는 늘 초지일관이다. 그러다 보니 신작이 예고되면 때로는 이런 생각마저 드는 것도 사실이다.

'이번에도 또? 에이… 저것도 결국 똑같은 포맷이잖아?'

그런데 신기한 것은, 생각은 그리해놓고도 어느덧 본방 시간이 되면 TV 앞에 달려가 입을 헤- 벌리고 있다는 것이다. 이때 내가 입을 벌리는 것은 자극적인 무언가를 받아들이느라 그런 게 아니고 오히려 무자극의 무언가 때문이다. 예컨대 스페인 하숙을 볼 때도 그랬다. 나는 그것이 윤식당이나 삼시세끼와 다를 바 없는 것 같아 '이번엔 보지 않겠노라' 다짐(?)을 했는데, 우연히 채널을 돌리다 단 1분 정도 시선을 붙잡히고서부터는 그대로 '본방 사수 덕후'가 되고 말았다. 삼시세끼 어촌편만 해도 벌써 시즌 5까지 나왔는데 나는 그 다섯 번째에도 여전히 '참바다 씨'(유해진)와 '차 셰프'(차승원)의 활약에 넋을 놓고 있더란 말이다. 과연 그 힘, 자극적인 내용도 없는데 시청자를 잡아끄는 그 힘의 실체는 무엇일까?

내 생각에 그것은 바로 '무해성'이다. 나영석 PD의 작품에는 '해로움'이 없다. 보는 사람들로 하여금 불쾌감을 형성시키는 콘텐츠가 드물고 유해 메시지가 담겨있지 않다. 그 무자극성, 선善함, 무미건조함이 오히려 중독성을 유발하는 것이다. 여기서의 중독성이란 '치유'와 맞닿아 있는 중독성이다. 우리는 나 PD의 작품들을 보며 평소 일상에서 떠안았던 온갖 유해한 것들로부터 잠시나마 탈출하게 된다. 스트레스, 갈등, 분열, 선정煽情, 폭력… 이러한 것들로 상처 입었던 영혼을 무의식적으로 치유하고 있는 것이다. 그러므로 '재미가 없는' 가운데 '재미가 있다' 하겠는데, 전자의 재미는 자극성을 말하는 것이고 후자의 재미는 치유 받는 맛을 말하는 것이다.

요 근래 '벼락 스타'가 된 인물들도, 뜯어보면 선함·무해함 같은 것들이 관통한다. '할담비' 지병수 할아버지가 그랬고 '슈가맨' 양준일이 그랬다. '미스 트롯' 송가인도 마찬가지다. 그들은 우리에게 어떤 위해도 가하지 않을 사람으로 보인다. 오직 본인의 순박함, 순수성을 인정받아 스타가 됐고, 그 이후에도 그런 면모를 유지한다. 보는 이들을 그 선함으로써 위로하는 것이다.

그래서 대세는 '무해함'이다. 우리는 그동안 너무 많은 자극과 선정에 지쳤다. 사람이건 콘텐츠건 프로그램이건 '유해한' 것들이 너무 넘쳐났다. 세상만사는 어느 한쪽으로만 쏠리다 보면 결국 반대쪽의 가치가 돋보이게 마련이어서, 이제 '무해함'이 그 자릴 차지할 때다.

공교롭게도 위의 '착한 스타'들이 등장하기 직전, 우리는 젊은 연예인들의 역대급 추문을 목격해야 했다. 단톡방이니 뭐니, 인기스타들의 '민낯'을 드러내는 사건이 줄을 이었고 그들이 경찰서 앞에서 고개를 숙이는 모습도 수없이 보아야 했다.

그때의 배신감이란 결국 '선하지 않음'에 대한 실망이었으리라. 그러던 와중에 홀연 착한 스타들이 등장했으니, 반대급부를 원하던 대중의 수요에 딱 맞아떨어진 것이다. 내게 무해한 미디어, 내게 무해한 스타…. 사막의 오아시스 같고 가뭄의 단비 같기도 한 존재들이 바야흐로 대세가 될 수밖에 없었던 것이다.

수렴의 랩

BTS가 음악적으로 얼마나 탄탄한지 '음알못[1]'인 나는 미처 깨우치지 못했다. 그러던 어느 날 이소라의 〈신청곡〉이라는 노래를 듣다가 귀가 번쩍 뜨이고 말았는데 중간에 삽입된 랩 몇 소절 때문이었다. 방탄소년단의 '슈가'가 피처링했다는 그 랩…. '막귀'인 내 기준으로는 평생 들은 랩 중에 최고였다.

그의 랩은 뭐랄까, 다른 힙합 뮤지션들이 흔히 그러하듯이 사자후처럼 소리를 내지르거나 자신을 드러내려고 애쓰는 랩이 아니었다. 어떻게든 스스로를 강해 보이게, 있어 보이게, 돋보이게 하려는 의도 같은 걸 깔고 있지 않았다. 마치 읊조리듯 숨 쉬듯, 그저 담담히 뱉어내는 그의 랩은, 말하자면 '표출'의 랩이 아니라 '수렴'의 랩이었다. 날숨보다는 들숨에 가까

1 '음악을 잘 알지 못하는 사람'이라는 뜻의 신조어

웠고, 그것은 어떤 경지에 오른 자제自制와도 같았다.

저마다 어떻게든 자기 존재를, 자기 목소리를 드러내려고 악쓰는 이 시대, 그중에서도 가장 기를 쓰고 감정을 토해내는 힙합이라는 음악 장르에서, 슈가의 랩은 그 반대편의 가치를 잔잔하게 증명해 보이는 듯했다. 내지름에 지친 사람들을 위로하고 보듬어주는 나지막한 읊조림이랄까…. 음악에 '치유' 기능이 있다면 바로 그러한 것이 아닐까 싶었다. BTS가 왜 전 세계 청춘들의 마음을 어루만지고 세대를 넘어 사랑받는지, 슈가의 랩을 들어보니 조금은 알 것도 같았다.

가사는 그 자체로 또 얼마나 아름다운가. 돈 자랑, 애인 자랑, 때론 실체 모를 분노만 표출해대는 마초 일변도의 랩과는 확연히 달랐다.

치열했던 하루를 위로하는 어둠마저 잠든 이 밤
수백 번 나를 토해내네 그대 아프니까
난 당신의 삶 한 귀퉁이 한 조각이자
그대의 감정들의 벗 때로는 familia
때때론 잠시 쉬어 가고플 때
함께임에도 외로움에 파묻혀질 때
추억에 취해서 누군가를 다시 게워낼 때

그때야 비로소 난 당신의 음악이 됐네.

그래 난 누군가에겐 봄 누군가에게는 겨울
누군가에겐 끝 누군가에게는 처음
난 누군가에겐 행복 누군가에겐 넋
누군가에겐 자장가이자 때때로는 소음

함께 할게 그대의 탄생과 끝
어디든 함께임을 기억하기를
언제나 당신의 삶을 위로할 테니
부디 내게 가끔 기대어 쉬어가기를

슈가의 랩은 말 그대로 '기대어 쉬어갈 만한' 음악으로서 대중을 위로하고 있었다. 그는 부디 자기에게 기대기를 바란다고 말한다. 그리고 그 기댈 수 있는 어깨를 꼿꼿이 세우지 않고 부드럽게 낮춘다. 편안하게 각도를 낮추어 나긋이 보듬을 자세를 취한다. (이 노래의 랩을 들어보라. 정말 '나긋함' 그 자체이다.) 또한 그는 강조한다. '때때로 (당신이) 잠시 쉬어 가고플 때, 외로움에 파묻힐 때, 그때야 비로소 나는 당신의 음악이 됐네.' 라고…. 이것이야말로 음악 본연의 존재 이유를 담은 철학적 경구가 아닐 수 없다. 언제나 당신의 삶을 위로하겠다며 '나'보다 '당신', '여러분'을 노래의 중심에 놓는다. 이로써 슈가의 랩은 '표출(자기 자신을 드러내는)'이 아니라 '수렴(상대의 마음을 끌어안는)'의 랩으로 완성된다.

지금은 그 무슨 분야, 어떤 장르에서든, 표출보다는 수렴의 시대다. '삼킴'으로써 오히려 가치를 드러내 보이는 것이 인정받는 시대다. 잘난 체하고 허세를 부리는 캐릭터들이 사랑받는 시대는 저문다. 겸손하고 낮은 자세로, 사람들의 마음을 보듬어 안는 자세만이 대중으로부터 버림받지 않는다. 그저 다급하게 자신을 드러내고 싶어 표출만 고집하는 창작인들은 본인의 가치를 증명하기가 점점 어려울 것이다. SNS 시대에는 대중 누구나 그 창작인이 될 수 있고 저마다 자기를 내세우기 위해 몸부림치지만, '내지름' 일변도의 한계에 대해 이제는 한 번쯤 고민해보았으면 좋겠다.

방송인 강호동은 <강식당>이라는 프로그램에서 '강호동 씨 방송을 보며 병마를 이겨냈다.'고 말하는 어느 장년 여성 팬에게 이렇게 말한다. "아이고 어머니… 제가 뭐라고…." 이 한 마디 끝에 그는 결국 울음을 터뜨렸다. 그 자세. '내가 뭐라고' 라고 생각하는 낮은 자세, 그것이 대중의 관심과 사랑, 마음을 '수렴'하는 공인의 기본 자세일 것이다.

뽀샵 없는 대한민국

SNS를 유랑하다 보면 눈이 즐겁다. 멋진 사람, 예쁜 풍경, 맛있는 음식들이 마르지 않는 샘물처럼 넘쳐난다. 특히 인스타그램처럼 볼거리(사진, 영상) 위주의 서비스는 도무지 눈이 지루할 틈을 주지 않는다. 그것만 줄곧 들여다보고 있으면 세상 모두가 행복해 보이고 모든 것이 풍족해 보인다. 하지만 그 온라인 속의 풍경이 꼭 '현실'은 아닐 터…. 어차피 SNS 속 세상은 '뽀샵(포토샵)'이라는 편집 과정을 거친 세계 아니던가.

나는 화려한 SNS 세계를 거닐다 보면 역으로 사진작가 최민식 선생의 사진들이 떠오를 때가 있다. 그의 작품은, 세상이 아직 '흑백'이던 시절에 우리 사회의 민낯을 담아냈다. 그의 사진 속에는 잘생기고 예쁜 사람이나 지위가 높고 유명한 사람은 없고 오직 가난하고 헐벗은, 그러면서도 끝끝내 각자의 삶을 질기게도 이어가는 민중들만이 등장한다. 너도 나도 "잘살아 보세!"를 외치던 그 시절, 사실은 잘 살 수 없는 이들이 지천에 널렸던 시대의 민낯을 최민식은 날것 그대로 박제해 후대에 남겼다.

헌 마을이 '새마을' 되고 뽕밭 강남이 상전벽해로 뒤집히던 날에도 굶어 죽고 얼어 죽던 사람들은 뷰파인더 안에 실존했다. 그 기록을 남긴 최민식은 당대 백 명 천 명의 역사학자나 위정자, 언론사 '펜대'들을 합친 것보다 훌륭한 한 사람이었을지 모른다. 세상을 바로 보는 눈, 실체를 파악하는 눈, 실존을 꿰뚫어 보는 눈, 그 제대로 된 눈을 길러주기 때문이다. 그래서 포장된 것들이 넘쳐나는 이 'SNS 월드'를 돌아다니다 보면 거꾸로 그의 사진들이 떠오르고는 하는 것이다. 좋은 것, 맛있는 것, 멋진 것들은 없지만, 눈먼 내게 '할喝[1]!'을 외치는 죽비 소리가 거기 있다. '뽀샵' 없는 대한민국이 거기에 있고 내 어머니와 할아버지의 초상, 나의 자화상, 그리고 내 아이들의 시원이 거기 펼쳐져 있는 것이다.

---

1 불교 선원에서 위엄 있게 꾸짖는 소리. 남을 꾸짖을 때나 말이나 글로써 나타낼 수 없는 도리를 나타내 보일 때에 이 소리를 하여 학인(學人)의 어리석음을 깨우친다. / 표준국어대사전

거짓말 같았던 그날

2002년 9월 2일, 나는 고향집 하늘을 날고 있었습니다. 그날을 잊지 못합니다. 월드컵이 열린 그해, 한바탕 축제가 끝나고 가을로 넘어가는 길목에, 국토에는 커다란 재앙이 닥쳤습니다. 태풍 '루사'. 한반도를 초토화한 3대 태풍 가운데 하나입니다. 제가 그날을 잊지 못하는 이유는 당일 제가 했던 9시 뉴스 '헬기 리포트(보도)' 때문이었고, 그 기억이 강렬하게 남아있는 이유는 단순히 피해 규모 때문만은 아닙니다. 그 태풍의 직격타를 맞은 이재민 가운데 나의 아버지, 어머니가 계셨기 때문입니다.

그렇습니다. 그날 제가 탄 KBS 헬기는 저의 고향 마을 상공을 돌았습니다. 고향집 하늘을 날고 있었다는 것은 바로 그 일을 말합니다. 강원도 정선… 온 마을이 수마에 휩쓸린 피해 현장의 상공에서 저는 부모님과 조우했습니다. 아들이 떠 있는 곳 수십 미터 아래에 어머니 아버지가 서 계셨고, 그 두 분이 KBS 마크가 찍힌 헬기를 향해 손을 흔드는 모습이 그날 9시 뉴스 방송을 타기도 했습니다. 실로 '기막힌' 상봉이 아닐 수 없지요. 왜 제가 그날을 잊지 못하는지, 쉽게 수긍이 되시리라 봅니다.

이 일화는 KBS 기자들 사이에서 제법 유명했습니다. 지금도 연배 지긋한 선배·동료들과의 술자리에서는 가끔 이 기구한 '이산 상봉' 스토리가 안줏거리로 등장합니다. 남들 보기에도 유별나고 특이했던 그 기억을 어찌 제가 잊을 수 있을까요.

'루사'에 할퀴인 국토는 처참했습니다. 가장 큰 피해가 난 곳은 제방 둑이 무너진 강릉이었습니다. 아침부터 강릉 발 소식들이 톱뉴스를 장식하고 있었습니다. 저는 눈 뜨자마자 인근 마을 정선의 부모님이 걱정돼 고향집으로 전화를 걸었습니다. 아니나 다를까, 밤사이 집이 물에 잠겼다는 비보를 전하시더군요. 마을 전체에 물이 들어차 가재도구며 뭐며 모조리 둥둥 떠다녔다고 하셨습니다. 노부모가 끙끙대며 그 난리를 수습할 모습을 상상하니 마음이 아파왔습니다. 그러나 이제 고작 입사 3년 차, 사회부 말단 기자였던 저는 감히 휴가를 내고 뛰어갈 여건이 되지 않았습니다.

그렇게 비통한 심정을 누르고 출근했을 때, 부서에서 제게 떨어진 임무가 헬기 스케치였습니다. 서울서 헬기를 타고 출발해 강원도 강릉부터 경남 합천까지 피해 지역들을 두루 훑고 오라는 거였습니다. 저는 퍼뜩 정선이 생각났습니다. 나의 고향, 부모님이 사투를 벌이고 있는 곳, 그러나 피해 자체가 외부로 알려지지 않는 오지 마을…. 저는 용기를 내어 헬기 기장님께 슬쩍 말을 꺼내 보았습니다.

"저기… 기장님… 실은… 저희 집도 잠겼다는데… 근데 강릉은 아니고 정선인데…" 딱 거기까지만 듣더니 기장님은
"그래? 오케이! 정선부터 들르자! 까짓거, 거기 먼저 가면 되지!"
라고 하셨습니다. 지금도 감사한 기억으로 남아 있습니다.

서울에서 강원도는 헬기로 40분이면 닿습니다. 그 40분만에 전혀 다른 아수라의 세계가 펼쳐집니다. 정선 읍내로 들어가는 도로가 무너져 강물 속으로 처박혀 있는 광경이 제일 먼저 들어옵니다. 조금 더 가자 정선선 철교 역시 물속으로 고꾸라져 있습니다. 처참했습니다. 아직 읍내에 닿기도 전인데, 물이 넘쳤다는 마을의 피해는 어느 정도일지 '안 봐도 비디오'였습니다. 저는 혹시나 하는 마음에 헬기 안에서 휴대폰을 꺼내어 어머니께 전화를 해봤습니다. '두두두두' 프로펠러 소리 때문에 시끄럽지

만 전화기를 귀에 바짝 대고 소리를 고래고래 지르면 그런대로 통화는 가능합니다. 다행히 어머니가 빨리 받습니다. 흙탕물에 잠겼던 집안을 닦아내느라 지금 정신이 없다고 하셨습니다.

"어머니! 다른 게 아니고요! 좀 이따 헬기 소리가 나거든 하늘을 쳐다보세요! 거기 KBS 헬기가 떠 있을 거예요! 그 안에 타 있는 게 저예요!"

헬기는 몇 분 후 정말로 그곳에 떠 있었습니다. 저희 집은 기차역 바로 앞이라 기장님이 쉽게 찾아주셨습니다. 이 일화는 너무 유별나서 일견 황당하기까지 하지만 한 치 거짓 없는 실화입니다. 지금은 퇴직하신 강태홍 기장님이 그날의 산증인이시지요.

"박 기자, 저기 봐! 저기 손 흔드는 사람들… 그중에 자네 부모님 없는지 잘 봐봐!"

왜 없었겠습니까. 아버지 어머니는 진흙탕에 다리를 묻은 채로 환히 웃으며 헬기를 향해 손을 흔들고 계셨습니다. 그 생지옥 같은 현장에서도 아들이 저기 있다는 게 그리도 반가우셨나 봅니다. 동승한 카메라맨 선배는 줌인을 해서 부모님의 얼굴을 모니터로 보여줬고, 두 분은 이가 다 드러날 정도로 함박웃음을 짓고 계셨습니다. 그때만 해도 건강하실 적이었습니다. 그 건강한 웃음의 두 시골 노인은 그날 저녁 9시 뉴스 '톱'의 한 컷으로 전국 방송을 탔습니다.

기장님이 물어봐 주셨습니다.

"박 기자, 잠깐이라도 내려줄까? 내려서 부모님 뵙고 갈래?"

저는 일이 우선이라는 말로 사양하고 기수를 강릉으로 돌렸습니다. 그때 물어봐 주신, 말이라도 그리해주신, 강태홍 기장님… 지금도 잊지 못합니다. 정말로 고맙습니다!

※ 헬기는 이후 강릉을 거친 뒤 경북·경남의 낙동강 유역을 따라 초토화된 마을들을 차례로 훑었습니다. 어찌나 피해 범위가 광대했던지, 그날의 촬영은 날이 어둑할 때쯤에야 끝났고 우리는 당일 서울로 복귀하지 못했습니다. 헬기는 저를 KBS 창원총국 '옥상'에 다급히 내려줬고 저는 거기서 도움을 받아 기사를 작성하고 화면을 편집해 본사로 송출했습니다. 이어 저는 현지에서 1박을 하고, 다음날 다시, 내려갔던 루트를 거슬러 올라오며 또 한 번 항공 취재를 했습니다. 그렇게 '1박 2일'짜리 초유의 헬기 보도는 잊지 못할 기억이 됐습니다.

아! 부모님은 어찌 되었냐고요? 그날 정선의 피해 상황이 제 리포트로 세상에 알려지자 다음 날부터 전국 각지에서 자원봉사와 구호물품이 물밀 듯 답지해 왔다고 합니다. 부모님은 보급품으로 받으신 새 이불을 들고 아주 좋아라, 하셨습니다.

제7장

내면으로의 여행

복수하고 싶은 당신께

중국 속담은 말합니다.

"누군가 이유 없이 당신을 괴롭혀
못 견디도록 그가 밉다면,
굳이 복수하려 들지 말고
강에 나가서 흐르는 물을 바라보라.
그럼 틀림없이 언젠가 그의 시체가
둥둥 떠내려오는 걸 보게 될 것이다."

이 속담이 말하고자 하는
숨은 가르침은 무엇일까요?

1.

누구나 때가 되면 죽는다. 가만두어도 죽는다.

당신이 손을 쓰려 하지 않아도 모든 사람은 죽는다.

그러니, 앙갚음이란 결국 덧없는 것이다.

2.

누군가에게 미움과 원한을 품으면

그것이 어떤 식으로든 나쁜 기운으로 작용해

그 사람의 불운을 부르거나 파멸을 앞당길 것이다.

그 무너지는 모습을 당신은 반드시 보게 될 것이다.

3.

당신이 복수하려 들지 않아도

악행이란 절로 대가를 치르게 되어있다.

당신의 손에 피를 묻히지 않아도

그 사람은 적정 방식으로 업보를 치를 것이다.

그러니 그저 지켜보기만 하라.

그러면 모든 것은 인과응보대로

흘러갈 것이다.

손에 닿아야 행복

가장 좋아하는 영화로 맨 앞에 꼽는 것 가운데 <월터의 상상은 현실이 된다>라는 작품이 있다. 원래 제목은 'The Secret Life of Walter Mitty(월터 미티의 비밀스러운 삶)인데, 국내 개봉 과정에서 무슨 '블록버스터 판타지' 같은 제목으로 의역해 놓는 바람에 정체성이 애매해졌다. 그 애매한 정체성이 흥행 점수까지 되레 깎아 먹지 않았나 하는 아쉬움이 들기도 한다.

이 영화는 잡지사에서 '표지 사진' 작업을 담당하는 직원이 주인공이다. 본인이 직접 사진을 찍는 건 아니고, 작가들과 접촉해 그들의 작품을 확보하고 관리하는 역할을 한다. 그런데 아주 중요한 사진을 분실하는 데서 이야기는 시작된다. 당장 다음 호 표지에 올려야 할 사진이었다. 그 귀한 게 홀랑 사라졌으니 그는 가뜩이나 정리 해고의 칼바람이 부는 회사에서 절체절명의 위기에 놓이게 된다. 이 위기를 모면하려면 어떻게든 작가에게 연락해 원본 필름을 다시 구해야 하는데, 설상가상으로 그 작가는 신출귀몰하여 연락이 닿지 않는 인물이다. 평소 자유롭게 세계 곳곳을 유랑하다가 가끔 '던져 주듯이' 사진을 투고하는, 그런 인물이었다. 그래도 주인공은 어떻게든 이 작가를 (그의 원본 필름을) 찾아내지 못하면 회사에서 쫓겨날 판이다. 거기서부터 월터의 모험(?)이 시작된다.

주인공 월터(벤 스틸러 扮)가 황급히 찾아 나선 사진작가(숀 펜 扮)는 역시나 방랑자답게 꼬리가 잡히지 않았다. 그는 바람 같고 안개 같은 사람이다. 평소에도 주인공 월터와 간접적으로만 연락을 주고받을 뿐 실제로는 대면한 일조차 없는 신비로운 캐릭터이다. 그는 어느 날은 아이슬란드의 화산 폭발 현장에 가 있기도 하고 어느 계절엔 히말라야의 설원에서 몇 날 며칠을 잠복하기도 한다. 그러다 보니 주인공은 어쩔 수 없이 아찔한 설산까지 등반해 가며 아등바등 그를 찾아 가는데, 바로 거기서 이 영화 최고의 명장면, '인생 한 컷'이 등장한다.

월터가 마침내 찾아낸 사진작가는 설산 중턱에 망원 렌즈를 고정시켜놓고 백白표범을 기다리고 있었다. 히말라야에서만 서식한다는 영물이다. 보고 싶다고 아무나 볼 수 없는, 작가 자신처럼 신비로운 존재다. 그런데 마침 월터가 작가를 발견하고 그 앞에 나타나던 순간, 저 멀리 빙벽에서 표범도 그 고고한 자태를 드러낸다. 사진작가로서 목숨을 걸고 찍고 싶어 했던 바로 그 피사체 말이다.

그런데! 그러나!

그럼에도 불구하고…

작가는 카메라 셔터를 누르지 않는다.

해발 수천 미터 히말라야 능선에서 그토록 갈망하던 피사체를 포착하고도, 막상 사진기에 담지 않는 이 시퀀스는 '월터 미티' 최고의 명장면이다. 그 작가는 '남에게 무언가를 보여주는' 일을 업으로 삼고 있지만 그럼에도 자기 '스스로에게 보여주고 싶었던' 풍경 앞에서는 과감하게 그 업을 내려놓는다. 오로지 본인의 눈으로, 그 살아 움직이는 렌즈로, 표범을 '직접' 감상하는 데만 주어진 모든 시간을 할애한다. 바로 그 순간 카메라 기계의 뷰파인더 안으로 눈을 밀어 넣는 건 찰나의 행복을 방해하는 일이며 기회의 낭비가 된다. 나는 바로 이것이, 주인공이자 감독인 벤 스틸러가 우리에게 역설하려 한 '행복의 최고 경지'가 아닐까 싶다. 바로 지금, 바로 여기서, 내가 느낄 수 있는 최고치의 기쁨을 오롯이 누리는 것, 그 1분 1초의 경각頃刻에 최선을 다하는 것, 그것이 궁극의 행복이라는 이야기다.

만일 그 작가가 세속적이거나 추상적인 행복을 추구하는 사람이었다면 기어이 표범을 사진으로 박제해 어딘가에 팔거나 액자로 걸어놓았을 것이다. 물질이건 명예건 그런 것으로써 만족했을 것이다. 그러나 진정한 행복의 의미를 아는 이 작가에게 있어서는 그런 방식이 최선이 아니었다. 그저 눈으로 감상하고 마음으로 감동하는 것만이 순간의 행복을 누리는 최선이었던 것이다.

요즘 현실에서는 이 작가와 반대인 경우가 많다. 워낙 '남에게 보여주는' 것을 신경 쓰는 시대다 보니 정작 자기 자신에게 보여줄 소중한 것들을 놓치는 일이 허다하다. 여행지의 아름다운 풍경과 마주하고도 그 순간에 100% 집중하지 못하고 그저 '미래에 쓸' SNS용 사진을 담느라 분주하지 않은가. 물론 그 수고를 통해 팔로워들로부터 '좋아요' 세례를 받는 것도 행복한 일이겠지만, 그 미래의 행복을 위해 지금의 행복을 유예하는 것은 어쩌면 주객전도일지도 모르겠다. 사진은 잔뜩 남았는데 정작 그 순간에 내가 어떤 감동을 느꼈는지가 기억

안 나는 경우가 많다.

일전에 북미 대륙에서 오로라를 본 적이 있다. 말할 수 없는 장관이었다. 그런데 지금 생각해보면 나도 당시의 행복을 많이 놓쳐버렸다. 사진을 찍느라 너무 많은 시간과 에너지를 소비해버린 것이다. 칠흑같이 캄캄한 숲에서 밤하늘의 오로라를 찍으려면 수동 사진기의 렌즈를 '장 노출'로 맞춰놓고 한 번에 수십 초씩 셔터를 누르고 있어야 한다. 보통 일이 아니라는 얘기다. 그러니 수십 장을 찍으려면 몇 분 몇 십 분의 시간을 그런 식으로 카메라에 집중해야 하는데, 그 시간만큼 우리는 하늘을 올려다보고 여유 있게 오로라를 감상할 기회를 잃게 되는 것이다.

오로라는 그야말로 '찰나'다. 훅! 하고 바람 불 듯 나타났다가 훽! 하고 어느 순간 사라져버린다. 사진에 정신이 팔려있다 보면 언제 없어졌는지 어디로 갔는지도 모를 만큼 변화무쌍 그 자체다. 그래서 그런 식으로 흘려보낸 시간이 돌이켜보면 참으로 아깝다. 다시는 돌이킬 수 없는 시간이어서 땅을 치고 후회할 정도다. 그날 그 순간, 그깟 사진 따위에 매달리지 말걸…. 맨눈으로 1초라도 더 보고 1초라도 더 울걸…. 내 생에 다시는 오지 않을 행복의 순간이었을 텐데 온몸으로, 오감으로 집중할걸…. 후회는 영원하고 기회는 유한하다.

그로부터 세월이 흐르고 어느 날 국내선 비행기에서 기내 잡지를 펼쳐 들었더니 마침 이런 문구가 실려 있었다.

"처음 오로라를 마주하면 그 모습을 카메라에 담느라 시간을 허비하기 십상이다."

-<대한항공 기내지 2018년 10월호>

아… 바로 내 얘기 아니던가! 나는 그만 무릎을 탁 치고 말았다.

사실 행복을 규정하는 기준은 사람마다 다를 수 있다. 그래서 동서고금을 막론하고 수많은 철학과 종교의 뿌리에 '행복이 무어냐'는 고찰이 담겨 있다. 누군가는 숭고한 무엇을 강조하기도 하고 누군가는 말초적인 것도 받아들이자 하고 누군가는 이타적인 것을, 누군가는 자기중심적인 것을 행복의 핵심으로 제시한다. 그중에서 어떤 담론을 따르든, 행복이라는 목적지를 너무 크고 거창한 것, 먼 곳에만 두다 보면 그만큼 실천의 가능성이 낮아지는 부작용이 따른다. 그래서 행복은 가급적 작은 것, 사소한 것, 가까운 것에서부터 찾아야 한다는 게 요즘 시대에 힘을 얻는 행복론이다. '소확행'이라는 말이 그래서 나왔다. 소소하고 확실한 행복, 그것만큼 간결하고 명확한 행복의 정의가 어디 있겠는가? '욜로YOLO'라는 말도 마찬가지다. You Only Live Once. 우리의 삶은 이번 생에 단 한 번밖에 없는 것이니 그저 매 순간을 누리고 가까운 데서 행복을 찾으라는 잠언이다.

인류 최고의 철학자 가운데 하나인 소크라테스도 '행복을 자기 밖에서 찾는 것은 어리석은 일'이라 했다. 물질적인 것, 멀리 있는 것에서만 찾으려 들지 말고 자기 마음 속, 가까운 것들로부터 행복을 찾으라는 얘기다. 괴테도 비슷한 얘기를 했다.

"너는 왜 자꾸 멀리 가려 하느냐? 보아라! 좋은 것은 가까이에 있다. 다만 네가 볼 줄만 안다면 행복은 언제나 여기에 있는 것이다."

- 詩 <충고> 중에서

물질적인 것에서 행복을 찾는 일이 무조건 나쁘다는 것은 아니다. 큰 욕심 내지 않고 가진 범위 내에서 자연스럽게 물질을 누린다면 그 또한 중요한 행복이 될 것이다. 먹는 것이든 입는 것이든 보는 것이든, 자기에게 주어진 것들을 최대한으로 누리고 거기서 자족하는 것이야말로 효율적이고 즉시적인 행복으로 이어진다. 미국의 역사적인 대부호 록펠러가 말했다. 자기 인생에서 가장 행복했던 순간은 억만금을 누리는 지금이 아니라 처음 직장에 들어가 주급 10달러를 받았던 날, 그 뛸 듯이 기뻤던 순간이라고…….

고대 철학자 에피쿠로스의 행복론도 우리가 귀담아들을 잠언이다.

"나는 한 줌의 빵과 약간의 물만 있어도 제우스신과 행복을 겨룰 자신이 있습니다."

아인슈타인은 또 어떤가. 그는 이렇게 말했다.

"책상 하나, 의자 하나, 과일 한 접시, 그리고 바이올린(음악)만 있다면 행복을 위해 다른 건 필요치 않다."

책상과 의자는 그가 좋아하는 '일'을 위한 것이었을 테고, 음악과 음식은 일상 속에서 누구나 쉽게 누릴 수 있는 '소소하고 확실한' 행복의 단골 소재다.

십몇 년 전 런던타임스는 <가장 행복한 영국인 3선>을 지면에 실은 바 있는데 거기서 제시하는 유형이 참 의외였다.

1. 바닷가에서 근사한 모래성을 완성한 꼬마
2. 아기를 목욕시키고 그 눈동자를 들여다보는 어머니
3. 공예품 만드는 일을 마무리 짓고 손을 터는 예술가

그 쟁쟁한 유럽의 '셀럽'들과 그들의 성공 스토리를 놔두고 이렇게 평범한 사례를 꼽은 것은, 마찬가지로 "행복이란 멀리

있는 게 아니고 그저 가까이 있는 작은 것"이라는 역설이다. 나는 이 세 가지 유형에 대해 가만 눈을 감고 상상해 보았는데 실로 고개가 끄덕여지고 말았다.

마지막으로, 철학자 플라톤이 제시했던 행복의 개념을 공유하고 싶다. 행복이란, 과도한 욕심이 개입하는 순간 내 손이 닿지 않는 곳으로 점점 멀어질 수 있으며, 그러므로 오직 '손에 닿는' 범위 내에서 추구하는 것만이 현실 행복이라는 잠언이다. 이 맥락에서 플라톤은 다섯 가지 행복의 조건을 꼽는다.

1. 본인이 만족할 수준의 음식·옷·집을 갖기에
   약간 부족해 보이는 재산
2. 모든 사람이 칭송해 주기에는
   다소 모자란 외모
3. 본인이 스스로에게 매기는 점수의
   절반 정도 인정받는 명예
4. 겨루었을 때 한 사람에게는 이기고
   두 사람에게는 지는 체력
5. 청중의 절반 정도는 박수를 쳐주고
   절반 정도는 지루해 하는 말솜씨

어른의 화

누구나 시작은 좋은 말로 한다. 잘못한 아이를 나무랄 때 말이다. 처음에는 나긋나긋, 부드럽게, 잔잔한 말로 타이르지만, 몇 번을 반복해도 아이가 듣지 않으면 끝내 폭발한다. 목소리가 높아지면서 버럭 하고 만다. 나 또한 이 패턴에서 예외는 아니다. 가뜩이나 성량이 큰 축에 속하는데 고함까지 치게 되면 우리 집은 공기의 진동부터가 달라지게 된다. 아무리 의기양양 대들고 떼쓰던 아이도 아빠의 '버럭' 앞에서는 즉각 꼬리를 내리게 된다. 그것은 비非자발적 순응이다. 사람이 순간적으로 '얼음'이 된다는 건, 소통도 얼어붙는다는 얘기다.

사실 그렇게 해서는 안 되는 것이다. '버럭'도 일종의 폭력에 다름없다. 이성으로 설득해 잘못을 바로잡는 게 아니라, 순간의 공포로, 힘을 내세운 위압감으로, 아이를 무기력하게 멈춰 세우는 것이기 때문이다. 억지이고 강압인 제동, 이것이

누적되면 결과적으로 아이를 '폭력에 순응하는' 사람으로 만들 수도 있다. 또는 그 폭력을 그대로 흡수해 본인 스스로도 폭력적인 인물로 자라날지 모른다. 저들 세계에서 나름 유명했던 '전국구' 조폭 두목들의 회고 인터뷰나 자서전(?)을 보면 거의 예외 없이 '무서운 아버지' 얘기가 등장한다. 그들의 어린 시절은 때리고 맞는 일이 가정에서부터 일상화되어 있었던 것이다. 폭력은 가장 강력한 학습효과로 대물림된다. 어떤 경우에라도 어린아이에게 소리 높여 화를 내거나 '힘'을 앞세우거나 버럭 하며 분노를 내지르지 말아야 하는 이유다.

한동안 나의 초등학생 아들이 좀 이상해졌던 때가 있다. 녀석이 툭하면 아빠에게 버릇처럼 이런 말을 던지는 것이다.

"아빠는 맨날 화만 내고…."

사실 내가 그리 자주 화내는 사람은 아니다. 그러나 어쨌든 아이는 그렇게 받아들이고 있었다는 얘기다. 무엇보다 주목할 건, 그 말을 아빠와 '갈등'이 있는 시기에 하는 것이 아니라, 아무 갈등이 없는 '평화기'에 무시로 던진다는 것이었다. 예컨대 이런 식이다. 밥을 먹다 내가 맛있는 반찬을 골라 아이 밥 위에 다정하게 올려주는 순간, 바로 그때, 기습적으로 이 말이 날아든다. "아빠는 맨날 화만 내면서…." 또 길을 가다 아이에게 다정하게 어깨동무를 하거나 손을 좀 잡아볼라 치면 이번에도 뜬금포로 직구가 날아와 꽂힌다. "아빠는 맨날 화만 내고…." 전혀 상관도 없는 순간에 느닷없이 날아드는 뜻밖의 공격(?)은 나를 돌연 창피하게 만들었다. '갑분싸'가 아니라 '갑분창'(갑자기 분위기 창피)이 되고 마는 것이다. 심지어 아빠랑 같이 놀까? 하고 신나게 이름을 부를 때, 편의점 가자고 선심을 쓸 때, 그런 순간에도 닌자의 표창처럼 무서운 일침이 슉슉! 날아든다. "아빠는 화만 내는 사람이면서…."

그렇다. 그것은 명백한 시위였다.

그동안 아빠의 '버럭'으로 쌓여온 스트레스를 꾹꾹 누르고 뭉쳐 눈싸움하듯 내던진 것이다. 나름의 항의이고 항변인 셈. 아니 어쩌면, 단순 항의를 넘어, 버럭거리는 아빠의 습관을 이참에 뿌리 뽑아보자는 고도의 전략이었을지도 모른다. 그렇다면 그 전략은 성공이었다. 어찌 됐건 나는 반성하게 되었으므로…. 사실 그 시절 나는 아이에게 그 말을 들을 때마다 '움찔움찔' 몸이 얼어붙는 기분이었다. 아들은 '비폭력'의 온유한 채찍으로 나를 부드럽게 가르치고 있었던 것이다. 방식은 부드럽지만 그 무엇보다도 무서운 가르침이 아닐 수 없었다. 수오지심과 자성을 유발했기 때문이다. 그래서 옛말에도 어린이가 어른의 참 스승이라고 하지 않았던가. 그 무렵의 내가 아주 된통, 호되게, 뼈저리게 절감했던 교훈이다.

걱정하는 게 걱정이다

걱정은 미래에서 당겨쓰는 불행이다. 현존現存하지 않는 것을 소환하는 일이다. 어쩌면 내 인생에 실제로는 등장하지 않을 것들을 굳이 지금 이곳으로 불러들여 스스로를 괴롭히는 데 쓰고 있는 것일지 모른다. 언젠가 필연적으로 등장하게 될 일이라면 더더욱 걱정은 쓸모가 없어진다. 어차피 내게 올 운명이라는데 걱정이 그것을 어찌 막아주겠는가? 나에게 올 불행이든 안 올 불행이든 걱정은 운명 자체의 향배를 갈라주지 않는다. 그럴 시간에 1분 1초라도 더 충실하게 '현재'를 사는 것이 낫다.

그래서 인도 철학자들은 예로부터 걱정의 불필요성을 입이 닳도록 강조해 왔다. 바꿀 수 있는 일은 바꾸면 되기 때문에 걱정할 필요가 없고 바꿀 수 없는 일은 걱정해도 소용없기 때문에 더욱 걱정할 필요가 없다는 것이다.

걱정은 자꾸만 미래로 내달리려는 마음의 질주 본능 가운데 하나다. 과거로 내달리는 마음이 후회, 분노 등과 맞닿게 된다면 미래로 내달리는 마음은 주로 걱정이라는 감정으로 이어진다. 어떤 식으로든 마음은 '지금, 여기'에 머물러있는 것이 가장 편하고 안정적이다. 과거로 가든 미래로 가든 어느 쪽도 평화롭지 않다. 물론 과거의 기억 속에는 좋은 추억, 미래의 상상 속에는 희망 같은 것들도 있겠지만, 케케묵은 원한이라든가 근거 없는 불안감이 적잖은 비중을 차지한다. 무엇보다 과거나 미래에 생각이 가있는 것은 나의 '지금'을 망치는 일이 된다. 저축해 둘 수 없는 현재의 시간을 충실히 만끽하지 못하고, 실체 없는 사념으로 삶을 허비하는 셈이기 때문이다. 철학자 비트겐슈타인은 말했다.

"행복한 사람은 늘 현재에 산다.
행복한 사람은 회한에 젖을 과거가 없고
불안해할 미래가 없기 때문에
삶 전체가 '현재화' 되어 있다."

물론 망아지 같은 마음의 본성을 현재에 묶어두는 일이 결코 쉬울 리는 없다. 미래로 내달리려는 망아지를 되돌려 세우면 어느새 과거로 치달으려 하고, 과거에 숨어있던 망아지를 붙잡아 오면 이내 또 미래로 도망치려 한다. 그러나 분명한 것은 그 망아지를 붙잡아두는 마음의 악력이라는 게 단련하면 단련할수록 강해진다는 것이다. 오직 지금! 바로 지금 이 자리에 꼼짝 말고 서 있으라고 명령하고 또 명령해야 한다. 걱정이 들 때 내 마음이 미래로 가있다는 것을, 후회가 일 때 내 마음이 과거를 배회하고 있다는 것을 '인지'하는 것만으로도 팔 할은 성공이다. 인지하는 마음은 '지금 이 자리에서' 깨달은 것이기 때문에 현재에 있다. 그 순간 이미 망아지가 현재로 소환돼 머물고 있는 것이다. 이런 식으로 자꾸 자각自覺을 해야 한다. 열 번 자각해서 서너 번 마음이 편해지면 그걸로 충분하다. 열에 일고여덟을 성공한다면 그건 성인聖人 반열에 오를 일이다. 우리는 그저 현실 속에서 이룰 수 있는 소소한 성공이면 충분하다. 이 연습이 어렵고 시도가 지겨울 때는 다음의 잠언을 되새겨보자. 불교 경전 대장경에 나오는 준엄한 문구다.

"과거를 되짚지 말고
미래를 바라보지 말라.
지나간 과거는 소멸되어 없고
미래는 닥치지 않았다.
오직 지금!

내 눈앞에 닥친 현상만을

바로 그 자리에서 통찰하라!

정복되지도, 흔들리지도 말고

현재의 순간에만 전력을 다하라."

- <一夜賢者經(밤사이에 어진 사람이 되다)> 중에서

공존의 법칙

북극에 갔던 것은 2011년 여름이었습니다. 극지 연구소의 아라온 탐사대를 따라 동행 취재를 갔습니다. 하절기의 북극에는 밤이 없습니다. '밤이 없음'으로 어둠을 그리워하게 되는 희귀한 경험이 발생합니다. 일상에서 어둠보다는 밝음을 추구하는 것이 인간의 본성일진대, 밝음보다 어둠을 더 바라게 된다는 건 그 자체로 아이러니입니다. 그 아이러니를 통해 저는 나름의 깨달음을 얻게 되는데, 낮은 밤이 있어야 귀한 것이고 밤도 낮이 있어서 존재 가치가 있다는 것입니다.

북극은 사실 그리 아름답지도 않습니다. 아름다운 곳은 남극입니다. 북극은 '바다', 남극은 '대륙'입니다. 그 둘이 얼핏 비슷해 보이는 건 눈과 얼음의 뒤덮음 때문인데, 그 눈과 얼음이 어디에 내려앉았는지가 결정적 차이를 가릅니다. 북극에서는 그것들이 '바다' 위에, 남극에서는 '대륙' 위에 쌓여 있습니다. 그래서 북극의 눈과 얼음은 '물 위에 떠 있는' 거대한 빙판인 것이고, 남극의 눈과 얼음은 '땅에 뿌리를 내린' 거대한 빙원입니다.

그렇기 때문에 북극의 지평선, 아니 수평선은, 360도를 둘러봐도 아무런 '변함'이 없습니다. 어떠한 굴곡도 없이 그저 편평한 망망대설雪, 아니 망망대해일 뿐입니다. 빙산이나 빙벽 같은 장엄한 풍경은 북극 어디에도 없습니다. 그런 것들은 오직 남쪽, 남극에만 있습니다. 깎아지르는 듯한 설산과 거대한 얼음벽의 절경 같은 건 남녘의 극지에서 볼 수 있는 겁니다.

풍경이란 무릇 변화와 역동이 있어야 아름다움이 부여되는 건데, 북극에서는 변하는 거라곤 빙판의 '녹고 얼음' 밖에는 없습니다. 겨울에는 유빙들이 단단히 뭉치고 얼어 마치 대륙 같은 거대 빙판을 형성하고, 여름에는 그것들이 다시 녹고 녹아서 유빙의 조각들로 떠돕니다. 인간이 지구를 자꾸 데워놓는 바람에 갈수록 더 많이 녹고 더 잘게 쪼개집니다. 그 위에서 북극곰은 필연적으로 갈 곳을 잃습니다. 유빙에서 다른 유빙으로 건너뛰는 데 실패하면 남은 운명은 죽음입니다. 고립된 빙판 위에선 먹이를 구할 수도, 진로를 선택할 수도 없고, 그저 어딘가로 정처 없이 '떠돌' 뿐입니다. 여름은 겨울보다 북극곰에게 훨씬 더 가혹한 계절입니다.

북극에 가 있으면 모든 존재가 그렇게 '떠돌이'가 됩니다. 말 그대로입니다. '떠서', '돌아다니게' 됩니다. 가도 가도 끝없는 유빙의 바다를 떠돌고, 그 위에서 어둠도 쉼도 없는 허여멀건 밤을 맞습니다. 이것은 결코 아름답지가 않습니다. 잠을 자도 잔 것 같지가 않고 나중엔 그 잠 자체를 이루기가 힘들어집니다. 어둠을 간절히 그리워하게 되는 것은 당연지사가 될 수밖에 없습니다. 밝음 다음엔 어둠이 필요하고, 낮과 밤은 공존으로 어우러져야 사람이건 북극곰이건 살 수 있습니다. 북극곰이 갈수록 사라져가는 건 그 공존의 법칙을 인간이 자꾸 깨고 있기 때문입니다.

손가락 말고 달

스물 전후로 감히 스님이 되고 싶었던 시절도 있었다. 대학 땐 한동안 삭발을 하고 다니기도 했는데 머리를 깎는 즉시 깨달게 되었다. 난 두상이 글러 먹었다는 걸.

'나는 아직도 스님이 되고 싶다.' 라는 제목의 에세이를 故 최인호 소설가가 쓴 적이 있는데, 팬이었던 나는 기자가 되고 난 후 그 책을 매개로 선생과 인터뷰를 하는 영광까지 누렸다. 그때 내가 쓰려던 기사의 주제는 '종교 간 화합, 존중, 소통' 뭐 이런 것이었다. 그렇다면 최인호 선생은 그 인터뷰의 적격자였다. 왜냐면, 스님이 되고 싶다고 책까지 썼던 최인호 선생은 독실한 천주교도였기 때문이다. 하느님을 믿으면서도 스님이 되고 싶다 공언을 했으니 그의 마음속에선 이미 종교 간 아무런 경계나 벽이 없었던 셈이다. 나는 그런 이야기들을 면전에서 직접 들으며 물개박수로 맞장구칠 수밖에 없었다.

에세이 내용을 작가가 눈앞에서 낭독해주는 셈이니 요즘으로 치면 오디오북, 그것도 살아있는 오디오북이다.

다만 선생은 인터뷰 중간 중간 짬 날 때마다 굵은 시가를 연신 피워댔는데 (그때만 해도 실내 흡연이 통용되던 시절이었다.) 아니나 다를까 암이 발생해 4년 뒤 세상과 작별하셨다. 최인호 선생의 죽음은 '소천' 혹은 '선종' 혹은 '열반', 그 무엇으로도 지칭 가능할 것이다. 그는 예수님에게도 갔을 수 있고 부처님에게도 갔을 수 있다. 아니면 그저 어떤 기운으로 흩어져 허공으로 사라졌을 수도…. 그 무엇이든, 당신의 죽음을 일컫는 용어가, 형식이, 무엇이 중요하겠는가. 우리는 종교 같은 심오한 담론을 다룰 때 그저 '달'을 보면 된다. '손가락' 말고 달, 오직 '달' 말이다.

달을 가리키는데 손가락을 보는 사람은 결코 달빛에 젖지 못한다. 종교란 그런 것이어서 지엽적 형식이나 과정에 너무 천착해서는 안 된다. 지나친 디테일에는 늘 '악마'라는 타이틀이 붙는데(디테일의 악마) 종교에는 '악마'가 기웃거려서는 안 되는 것이니 가히 적용할 말은 아니라 하겠다. 그러므로 우리는 종교의 디테일에 한눈팔지 말고 오로지 본질만을 보려 해야 할 것이다. 프란치스코 교황도 종교의 형식주의를 지적할 때마다 항상 강조하는 메시지가 그것이다.

기도의 본질

<다음 생엔 엄마의 엄마로 태어날게>

비구니 승려인 선명 스님이 쓴 이 책은 세상 모든 어머니들께 선물하기 제격인 책이다. 친분이 있는 선명 스님은 언젠가 나의 어머니를 위해 특별히 맞춤한 사인까지 적어 선물로 보내주신 일이 있다.

최금순 님
마음을 모아 기도하겠습니다.
금순님 마음속 발원이 이뤄지시기를
금순님 팔 다리 손 마디 마디가 아프시지 않기를
금순님 하루가 고단하지 않으시기를
편안하시고 청안하시기를 기도하겠습니다.

- 선명 합장

팔·다리·손 마디마디가 아프지 않기를 빌어주신 건 악성

류마티스를 앓고 계신 어머니의 사연을 내 책 <따뜻한 냉정>에서 보고 기억해 주셨기 때문일 테고, 하루하루가 고단치 않기를 빌어주신 건 오랜 시간 이어져 온 남편 간병의 고달픔을 알고 계시기 때문이리라.

나는 딱히 불교 신자는 아니지만 어머니는 극진한 불자이셔서 청아한 스님의 축원 문구에 큰 감동을 받으시었다. 첫 장의 사인 문구를 보시자마자 책을 손에 꼭 쥔 채로 합장을 하신 뒤 창밖의 먼 하늘을 향해 말없이 기도하셨다. 무슨 기도였는지 여쭙진 않았지만 나는 충분히 알 수 있었다. 기도 중에 가장 충만한 기도는 기복祈福의 기도가 아니라 감사의 기도이고 어머니는 온 몸으로 그걸 표현하고 계셨다. '감사합니다. 고맙습니다. 견디겠습니다.'

피천득, 김재순, 최인호, 법정 스님… 네 분이 나눈 담소를 묶은 책 <대화>(샘터, 2004)에도 이런 말이 나온다. 우암 김재순 선생이 피천득 선생에게 건넨 말이다.

"저는 깊이 있는 신앙생활은 못 하고 있습니다만 그저 '신앙이란 홀로 있는 것', '신이 찾아오는 발자국 소리를 듣는 것'이라고 자득하고 있습니다. 저에게 있어 기도는 소원이나 구원을 위한 것이기보다는 감사의 기도입니다."

제8장

내가 이끄는 삶

인생 에너지 배분의 법칙

사람은 51% 정도 믿고

일은 70% 정도만 해라.

그러면

49%의 우군을 얻을 것이고

일터에선 상위 30% 안에는

들어갈 것이다.

적당한 성공

49%의 우군을 얻는다는 건 무엇인가? 여기서 우군은 광의廣義로 해석해야 한다. 어떤 상황에서도 내 편을 들어줄 무한신뢰의 친구만 일컫는 게 아니라, 그저 나를 공격하거나 모해하지 않는 수준의 덤덤한 관계까지 아우르는 것이다. 그런 성향의 지인이 절반 조금 안 된다는 것이 행여 보잘것없어 보이는가? 결코 아니다. 찬찬히 한번 둘러보라. 주변에 그런 사람이 과연 얼마나 많은지를. 어지간해서는 내 험담을 하지 않고 나를 해치려고도 하지 않는 사람이 과연 49%나 되는지를….

그 정도가 있다면 그런대로 성공한 인생이라 할 것이다. 대저 '무난한' 수준의 인간관계라는 게 사실은 얼마나 소중한 것인가. 여차하면 나에게 '칼날'을 들이대는 사람이 득시글한 이 정글 세계에서, 그냥 무덤덤하게 곁을 오가는 사람만 해도 나에게는 우군이나 다름없는 것이다. 그런 사람이 절반 가까이 된다는 건 충분히 견딜만한 생이라 하겠다.

세상엔 늘 '내 편'보다 '적'이 상대적으로 많다. 적의 의미도 광의로 해석해야 해서, 굳이 나를 직접적으로 공격하지 않더라도 모든 종류의 경쟁 영역에서 어떻게든 나를 '내리누르고' 올라가려는 사람까지를 포함해야 한다. 그런 부류의 사람은 누구에게나 어떤 식으로든 과반이 되게 되어 있다. 다만 51%냐, 99%냐의 차이는 천양지차다. 그러한 적이 절반 조금 넘는 정도면, 역시 그런대로 견딜만한 삶이다. 그러나 열에 여덟, 열에 아홉이 나의 적이라면 나는 피곤하고 불안해서 못 산다.

직장에서 업무 능력 30% 안에 들어간다는 것도 그리 쉬운 일은 아니다. 그러면서도 상위 10%만큼 빡빡한 것은 아니어서, 그 정도면 크게 에너지 들이지 않고도 도달할 수 있는 무던한 수준의 성공이라 하겠다. 본인이 큰 욕심만 내지 않으면 그저 그만그만한 선에서 웬만큼 인정받으며 나름 보람차게 살아갈 수 있다. 그 정도만 해도 충분히 만족할 만한 삶이다. 그 이상의 무언가를 바라기 시작하면 욕심의 단계로 넘어가고 욕심은 금세 과욕으로 치닫는다. 과한 욕심은 끝내 뒤탈을 남기는데 이와 관련해서 영국의 사상가 존 러스킨은 다음과 같은 명언을 남긴 바 있다.

"일로 행복해지려면 세 가지가 필요하다.
일단, 본인이 그 일에 적합한 사람일 것!
그리고, 일을 너무 많이 하지 말 것!
마지막으로, 성공의 기회를 포착하는 감각을 가질 것!"

위 세 가지 중에 바로 두 번째, 일을 너무 많이 하지 말라는 말이 바로 그 얘기다. 너무 많이 하면 행복에 오히려 방해가 되고 탈이 난다는 것이다. 행복해지려고 성공을 추구하고 성공하려고 일을 너무 많이 한다는 건데, 그렇게 해서 남는 게 무엇인가를 잘 따져봐야 한다.

성공한다 한들 건강을 잃거나 가족, 친구를 잃거나 주변에 적만 많이 생겨난다면 그건 진정한 성공이 아니다. 사람이 지나치게 어떤 지위나 재물을 탐하다 보면 결국 자기파멸의 길로 빠질 수 있음을 우리는 수많은 유명인들과 고관대작들의 역사에서 목격해왔다. 정상에서 바닥으로 수직 강하하는 재력가나 정치인들의 사례들은 거의가 '지나친 욕심'이 빚어낸 참극이다. 故 신영복 선생도 자신의 강의에서 "자리가 사람보다 크면 사람이 상하게 된다."는 말을 한 적이 있다. 자기 깜

냥보다 큰 자리에 가려면 가진 능력보다 큰 욕심을 냈을 테고 그만큼 역량 초과의 일을 했을 테니 몸이든 마음이든 상하지 않을 수가 없다는 얘기다. 그것은 마치 조롱박의 물로 넓은 저수지를 채우려 드는 거나 마찬가지다. 애초부터 채울 수도 없거니와 채우는 과정을 끝까지 버텨내기도 힘들다.

사람이 자신의 직장에서 무리를 해 원하는 자리에 간다면, 이후 그 자리를 지키는 일에 남은 삶의 에너지까지 과도하게 끌어다 써야 한다. 안 그러면 언제 자신이 그 자리에서 끌어 내려질지 모르기 때문이다. 이렇게 되면 욕심은 곧 자기 자신을 갉아먹는 일이 된다. 삶의 에너지는 소진되면 보충이 어려운 것이고 떠나간 우군은 웬만해서는 돌아오지 않는다

그렇다고 이 얘기를 '게으르고 나태해도 된다.'는 메시지로 오역해서는 곤란하겠다. 아무 노력도 하지 않고 막 사는 것이 행복의 전제조건이라는 얘기는 결코 아니다. 혹시라도 그렇게 받아들인 (혹은 받아들이고 싶은) 사람들이 있다면, 미국 처세술의 대가 나폴레온 힐의 말을 첨부해주고 싶다.

> "인생을 헐값 취급하면서 대충 때우려는 사람이 있다면 인생은 딱 '받은 만큼만' 주인에게 돌려줄 것이다."

눈칫밥

<나 보란 듯 사는 삶>은 조명연 신부의 에세이 제목이다. 면식은 없지만 나와 같은 출판사에서 책을 내신 분이라 자연스럽게 읽어보게 됐는데, 남 눈치 보지 말고 주체적으로 사는 삶을 강조하고 있었다. 제목에 담긴 메시지부터가 간결하고 명징해서 무슨 말씀을 하시려는지 파악이 어렵지 않았다. 그러나 그걸 현실에서 실천해내는 것은 결코 쉽지만은 않을 것이다. 무릇, 가치가 높은 모든 잠언은 구현이 어려운 법이다. 만일 그게 어렵지 않고 쉬운 사람이 있다면 그는 성자고 성인이지 범부라 할 수는 없을 것이다. 잠언이란 오르기 쉽지 않은 산과 같아서, 도달하기 힘들수록 등정의 기쁨이 크다 하겠다.

남의 시선만 신경 쓰고 사는 것은 그 시선 안에 '갇혀 사는' 삶이다. 그래서 남의 시선은 곧 생의 감옥이 된다. 인간이 그

감옥을 완전히 탈출하는 것은 어렵겠으나 감옥의 공간구조 정도는 스스로 설계할 수 있다. 운동장이나 자신만의 뒤뜰이 있는 감옥에서 볕도 쬐고 산책도 하고 가끔 홀로 침잠하는 시간을 갖고 살 것이냐, 아니면, 똑같은 수감자들로 북적거리는 네 평 감방 안에만 들어앉아 서로 똥 누는 모습까지 보여주며 살 것이냐…. 스스로, 어느 정도는, 선택 가능한 일이다.

나 보란 듯 사는 삶은 결국 '내 공간'을 확보하고 살라는 얘기일 것이다. 여기서 공간이란 물리적인 걸 얘기하는 게 아니라 내 마음의 공간을 말하는 것이다. 남 눈치를 지나치게 보고 사는 사람들은 마음의 공간이 좁아진다. 그 공간 안에 남의 시선, 남의 평가가 들어차기 때문에 그거 신경 쓰느라 절로 지쳐간다. 반면 남 눈치를 잘 안 보는 사람들은 자기 마음의 공간이 광활하다. 오로지 자유로운 본인의 사유만이 있으므로 생의 모든 선택이 주체적이 된다.

다만 한 가지 유의할 점은 남 눈치를 '너무 안 보는' 것도 문제라는 것이다. 그게 극단적으로 가면 '사이코패스'나 '소시오패스'가 되는 것인데, 그 정도까지는 아니라도 눈치가 없음으로써 민폐 끼치는 사람을 주변에서 종종 보게 된다. 다른 사람이야 괴롭든 말든 자기 하고 싶은 대로만 하는 사람들이 직장에서나 지하철에서나 수시로 출몰한다. 다들 싫어하는데 자꾸만 회식을 소집하는 부장님이나, 옆 사람 불편하게 '쩍벌'을 하고 있는 전철 승객이나, 다 눈치가 없어서 그렇다. 결국 '눈치'라는 것은 넘쳐서도 모자라서도 안 되는 중용中庸의 미덕이 필요한 것이다. '눈칫밥'이라는 말이 있는데 그 본뜻은 차치하고라도, 눈치가 없으면 밥 얻어먹기도 힘들거니와 때로는 눈치를 너무 보다가 밥맛이 떨어지기도 하는 것이다.

지나간 것은 지나간 대로

우리는 살다가 좌절하거나 힘에 부치는 일을 겪을 때 어른들로부터 종종 이런 얘기를 들어왔습니다.

"좋은 경험 쌓았다고 생각해. 피가 되고 살이 될 거야."

사람 관계에서도 마찬가지입니다. 갈등으로 지치고 배신으로 무너졌을 때 이런 말을 듣게 됩니다.

"다 인생 수업이라고 생각해. 그러면서 크는 거지."

그런데 사람 사는 일이 어찌 그리 효용성 있게만 돌아가겠습니까? 우리가 겪는 힘겨운 일들이 모두 '피'가 되고 '살'이 되는 것은 아닙니다. 예컨대 어떤 경험으로 중요한 교훈을 얻었다 해서 그게 꼭 몸과 마음에 체득된다는 보장은 없습니다. 인간은 실수의 동물, 망각의 동물이므로 같은 잘못을 얼마든 반복하고 사는 존재입니다. 본래 타고난 바가 그러하니 굳이 비난할 일도, 자책할 일도 아닙니다.

요컨대 저는 너무 경험의 가치를 크게 따지지 않고 살았으면 좋겠습니다. 그저 흘러가는 대로, 덤덤하게, 별다른 의미 부여하지 않고 말이지요. 경험은 훗날 득이 될 수도, 실이 될 수도 있고, 이도 저도 아무것도 아닌, 그냥 흘러가 버린 일이 될 수도 있습니다. 그러니 지나치게 그 가치에 천착하고 일일이 효용성 따질 필요는 없다 하겠습니다. 무슨 말이냐면, "내가 이런 힘든 일을 겪었으니 나는 더 성장할 거야! 다음번엔 절대 이런 실수 안 할 거야!" 너무 이런 생각으로 스스로를 들들 볶지는 말자는 겁니다.

사람 관계에서도 그런 측면을 지나치게 많이 신경 쓰다 보면 결국 모든 사람을 '득이 되는 사람', '득이 안 되는 사람'으로 분류하고 관계에 제약을 둘지 모릅니다. 그냥 오는 대로, 가는 대로, 지금 만나서 좋은 사람은 최대한으로 좋아하고, 만나기 싫은 사람은 마음 가는 대로 멀리하고, 그렇게 현재에 충실한 삶을 살면 됩니다. 그러지 않고 일일이 재고 따지고 훗날의 가치를 깐깐히 계산하고 사는 것은 외롭고 피곤한, 지치는 생이 되고 맙니다.

커피를 내리듯 우리의 삶도

나의 커피는 무조건 뜨거운 블랙이다. 아메리카노든 드립이든 일체의 첨가물 넣는 걸 싫어해서 나는 반드시 '블랙'이어야 하고 온도는 따뜻해야 한다. 이것은 삼복더위에도 예외가 없어 소위 말하는 '더죽따아(더워 죽어도 따뜻한 아메리카노)'가 딱 나인 셈이다. 옛날에는 블랙을 고집하면 멋 부리는 거라는 해괴한 얘기들을 하기도 했지만 내 취향은 허세 따위와는 무관하고 그저 '각성'을 위한 것이다. 나는 입이 데일 듯 뜨겁고 쓴 커피를 목구멍으로 넘겨야 머리가 좀 맑아지는 기분이고 장이 뜨끈하니 생기가 돈다. 이것은 '아아(아이스 아메리카노)'로는 잘 느껴지지 않는다.

이 한 가지 원칙만 제외하면 내 입은 대저 '막입'이어서 급의 고저나 가격을 따지지는 않는다. 커피 마니아들이 들으면 웃을지도 모르겠지만 사실 내가 제일 좋아하는 커피는 모 편의점의 1200원짜리 머신 커피다. 싸다고 무시해서는 안 되는 게 나름 즉석에서 원두를 갈아 커피를 추출하고 향도 그럴듯하다. 내 입맛에는 딱 그 정도면 맞춤해서 별다방, 콩다방, 퍼런다방 류의 커피보다도 더 맛있게 느껴진다. 나는 이 편의점 커피를 주로 학원 앞에서 아이를 기다리며 사 먹는데 이때 나는 한 명의 라이더(기사)로서 막간의 여유를 만끽하는 것이니 그런 풍미가 커피 맛에도 더해진다. 커피에 있어 최고의 첨가물은 단연 '여유'일 것이다.

유명 프랜차이즈 커피숍에서 커피를 마시면 더 맛있다는 사람들도 많은데 나는 주지했다시피 '막입'이어서 별 차이는 모르겠다. 사실 커피 자체의 맛보다도 그 공간의 분위기가 우리에게 낭만적인 어떤 '향취'를 더해주는 것은 아닐까. 어쨌든 비싼 커피는 남이 사주면 더 맛있다.

내가 아메리카노 같은 블랙만 고집한다 하여 달달한 커피를 아주 안 마시는 건 아닌데(주면 다 먹는다) 기억 속에 남아있는 최고의 커피들도 주로 그런 류였던 것 같다. 대입 시험을 마치고 나오던 길에 교문 앞에서 어머님들이 건네주던 믹스 커피, 일출을 보러 달려간 곳에서, 뜨는 해에 낯빛이 달아오를 때, 가슴도 같이 달궈주던 자판기 커피, 낯선 이국땅의 사막을 혼자 달리다 해질녘에 발견한 맥도널드의 1달러 커피. 얼마 전 제주의 펜션에서 휴가를 보낼 때는 커피는 가져갔으나 장비가 없어 내림 커피를 해 먹지 못했는데, 마침 근처 항구 마을에 '천 원 샵'이 있길래 가봤더니 삼천 원짜리 드리퍼와 이천 원짜리 거름종이를 팔고 있었다. 그 반가움과, 거기에 내려 먹던 새벽 커피의 맛이란….

제일 기억나는 커피는 20년 전으로 거슬러 올라간다. 정부 정책에 반대하는 농민 집회가 벌어졌던 날, 트랙터가 점거한 고속도로 벌판은 추워도 너무 추웠다. 그날은 아마도 기온이 영하 10도 아래였고 바람 막아줄 건물 하나 없는 아스팔트 위의 체감 온도는 거의 영하 20도 수준이었을 것이다. 그때 거기, 홑겹 양복에 허술한 코트 하나 걸쳐 입은 내가 덜덜 떨며 언 손으로 취재 수첩을 끄적거리고 있을 때, 누군가 불쑥 다가와 내민 믹스커피 한 잔은 구원이나 다름없었다. 앞니가 다 빠진 백발의 촌로는 이마에 어색한 시위 띠를 두른 채 나를 보며 웃고 있었다. "기자 선상, 이거나 한잔 묵고 하이소. xx 다 얼겠네…." 나는 그분이 건넨 종이컵 커피 덕분에 xx은 얼지 않았다.

그날로부터 나는 꼬박 20년을 기자로 살아 2020년에 입사

20주년이 되었다. 강산이 두 번 변한다는 그 시간 동안 촌로는 계속 논밭을 갈며 살아왔을까? 논두렁 밭두렁을 갈아엎던 성난 농심은 이제 어떤 희망의 씨앗을 파종하고 있을까? 세월이 하도 지나서 나는 그 늙은 농민의 얼굴을 기억하지 못하지만 그가 건넨 커피 맛만큼은 또렷이 기억한다. 그런 커피는 좀체 잊을 수 없는 커피가 되어 혀가 아닌 심장에 각인된다.

기자를 한답시고 20년을 살았으면 적어도 만 잔 이상의 커피는 마셨을 것이다. 이 바닥 인생들은 만성적으로 잠이 모자라고 쫓기는 글을 많이 써야 하기 때문에 합법적인 각성제는 필수다. 그러나 마감과 시효에 쫓기는 글은 사실 진짜 글이 되기는 힘들다. 커피도 다급하게 마시면 참맛을 음미하기 힘들 듯, 글도 그렇게 써서는 안 된다. 드리퍼에 커피를 내리듯이 한 글자 한 글자 받아내야 한다. 20년을 쫓기는 글을 쓰고 살았으니 이제는 속도를 좀 낮추고자 마음먹었다. "나는 겨우 쓴다." 대문호 김훈 선생님도 그렇게 말하지 않았던가.

찰나를 누린다는 것

나는 제주 바닷가 전망 좋은 카페에 자리를 잡고 눕는다. 빈백beanbag 소파에 몸을 누이고 귀에는 이어폰을 꽂는다. 유튜브에 저장해 놓은 '칠링 뮤직', '힐링 뮤직' 모음곡들을 차례로 튼다. 눈이 스르르 감긴다. 산들바람 속에 온 세상이 다 내 것 같다. 그러다 문득, 구름 한 점 없는 하늘이 찍고 싶어졌다. 즉시 휴대폰에서 유튜브 음악을 멈추고 카메라 모드로 전환한다. 찰칵!… 음악재생 버튼을 다시 누르고 눈을 감으려는 찰나, 이번에는 코발트빛 바다와 서퍼들이 시야에 들어온다. 그냥 지나칠 수 없지. 또 한 장을 찍어야겠다. 찰칵!… 아니, 이번에는 한 장으로는 안 되겠다. 다이나믹한 풍경을 인증샷으로 남기려면 최소 대여섯 장은 필요하다. 가로로 한 장, 세로로 한 장, 광각으로도 한 장, 파노라마로 한 장… 아차! 빈백 소파에 평화롭게 몸을 누인 내 모습도 한 장 남겨야지. 찰칵! '카톡 프사' 용으로 딱이니까….

그렇게 눈을 감았다 떴다, 음악을 틀었다 껐다, 카메라를 들었다 내렸다, 사진을 열었다 닫았다, 영상을 틀었다 지웠다, 하다 보니 시간은 다 갔다. 커피는 식었고 나는 이제 화장실에 가고 싶다. 주섬주섬 다녀왔더니 어느덧 하늘이 어둑해진다. 집에 갈 시간이다. 숙소로 돌아가 또 내일 일정이나 준비해야지…. 빈백 소파에 처음 드러눕던 순간의 눈부신 하늘과 바다는 어디로 갔는가? 꼼지락꼼지락 딴짓 하는 사이 찰나의 아름다움은 온데간데 없고 한 번 가버린 모든 것들은 다시 돌아오지 않는다. 나는 그 아름다운, 바닷가 카페에서, 대체 무얼 하고 온 걸까?

영혼의 탑

책을 좋아하지만 그것을 모아 책장을 채우는 일에는 그다지 관심이 없다. 한때는 중시했던 적이 있긴 있다. 지금 집 말고 전에 살던 집은 거실 전체를 서재처럼 꾸미기도 했다. 심지어 화장실 출입구가 나 있는 벽면에도 책장을 빼곡히 맞춰 넣었다. 그 화장실 문만 빼고 나머지 전체 면을 책으로 채운 것이다. 그래서 화장실에 볼일 보러 갈 때면 마치 책장 속을 통과해서 들어가는 듯한 기분이 들었다. 그때는 그게 제법 흡족하기도 했다.

그런데 어느 순간, 쌓아놓은 책들이 다 부질없는 존재로 느껴지기 시작했다. 책장에 꽂혀있던 수많은 종류의 책들이 다 허무해 보인 것이다. 설명 못할 '거리감' 같은 게 느껴지기도 했다. 분명 내가 다 공들여 읽은 책들이건만 나의 삶과 전혀 무관한 것들처럼 여겨진 것이다. 쌓인 책들의 두께만큼 내 머리가, 내 가슴이 꽉 채워졌는지를 따져봤더니 갑자기 허망해졌다. 괜히 부질없는 일에 시간을 쓴 것 같다는 회의감마저 들었다. 그것은 그 책들 자체의 문제는 아니었다. 책 속의 지혜가 내 안으로 체화되지 않은 것은 철저히 내 탓이었다. 그냥 '건성'으로 읽었기 때문이다. 읽은 것들을 '실천하고' 살아야 제대로 읽은 것이다. 안 그러면, 눈으로 들어온 활자들은 뇌 속에만 잠시 머물다 허공으로 다시 날아가 버리는 거나 다름없다. 입으로, 몸으로, 행동으로, 실생활에 전혀 녹아들지 못한 책은 허무한 활자 모둠에 지나지 않는다. 그 많은 지혜의 잠언들을 일일이 새겨가며 읽었다면 나는 이미 성인의 경지에 올라있어야 마땅하다. 그러나 현실은 전혀 그렇지 않았다. 그 반의, 반의, 반에도 못 미치는 사람으로 살고 있었다. 중요한 건 오직 실천…. 나는 그걸 놓치고 있었던 것이다.

아무 책이나 무턱대고 모으기만 하는 것은 하나의 '집착'에 지나지 않는다. 책의 권수만큼 읽은 이의 머리와 가슴이 채워졌다고도 장담하기 어렵다. 그러므로 서고라든가 책장의 크기가 그 주인의 됨됨이나 그릇을 입증해주는 것은 아니다. 읽은 책의 수량이라는 것이 '지식'의 양과 비례할지는 몰라도 '지혜'의 깊이와 비례한다고는 단언할 수 없다. 내가 몇 해 전보다 수십 수백 권의 책을 더 읽었다 해서 과연 그만큼 더 깊이 있는 인간이 되었는가를 따져보면 뒷덜미가 서늘해진다. 선각자들이 써놓은 지혜의 글을 아무리 많이 눈으로 읽었다 한들 몸으로의 실행이 없다면 무슨 소용이겠는가. 내 생활 속에서 살뜰히 실천하지 못하고 산다면 그냥 허무한 말잔치, 글 잔치에 지나지 않는다.

한동안 포털 사이트에서 '지식인의 서재'를 소개하는 코너가 주목을 끌었다. 거기 나온 명사들은 수천 수만 권의 책을 서고에 꽂아놓고 추천 도서 목록을 친절히 읊었다. 매 책마다 어떤 지혜가 담겨있고 왜 일독을 권하는지 품위 있게 설명해주었다. 하나 같이 다 도움 되고도 남을 좋은 얘기들이었다. 나는 다만, 단순히 보고 듣고 읽은 '지식'의 양이라는 게, 사람의 성품과 삶의 기품을 가늠 짓는 잣대는 아니라고 믿는다.

예컨대, 시장 난전에서 평생 돈을 모아 좋은 일에 써달라고 기부했다는 어느 '까막눈' 할머니를 생각해보자. 만 권의 책을 읽은 지식인이 단돈 만 원도 기부하지 않고 살았다면 단언컨대 할머니보다 품위 없고 격조 낮은 생을 산 것이다. 기부를 했다 쳐도 100억 벌어서 10억 기부한 사람과, 할머니처럼 10억 벌어 10억을 다 기부한 사람은 비교가 되지 않는다. 그녀가 '지식인의 서재'에 나온 명사들보다 덜 지혜롭고 덜 고귀

하다고 생각지 않는 이유다. 비록 할머니는 까막눈이므로 평생 책 한 권 못 읽고 살았겠지만 그 누구보다 품격 있는 삶을 사신 분이다. '나눔'이라는 동서고금의 가치를 당신의 '행行'으로써 증명했기 때문이다. 그럼 된 것이다. 그거면 충분한 것이다.

대저 종이 위에 적힌 지식이라는 게, 그 자체로 삶의 완성도를 높여주는 것은 아니다. 중요한 것은 '행'이다. 어떤 행동들로 삶을 살아냈는가? 스스로의 신념과 소신, 주어진 책임들을 얼마나 실천하고 살았는가? 바로 그것이 사람 됨됨이를 평가하는 최후의 기준이다. 거듭 말하지만, 문제는 실천이지 쌓아놓은 책 탑의 두께가 아닌 것이다. 의미 없이 그저 쌓아놓기만 한 종잇장들은 본질적으로 폐지 이상도 이하도 아니다. 우리가 항상 따져볼 것은 그 종잇장들이 얼마만큼 내 '영혼'의 탑으로 탄탄하게 쌓였는가, 하는 것이다.

야예를 위한 기도

만난 적은 없지만 마음속에 또 하나의 딸로 삼고 살았던 아이가 있습니다. 그의 이름은 '야예'입니다. 국내 한 아동 결연 단체를 통해 인연을 맺은 소녀였습니다. 아프리카 세네갈의 어린이였고, 세월이 흘러 이제는 어른으로 가는 길목에 있습니다. 야예는 얼마 전 만 19살 생일을 지났습니다. 이제 저와의 결연뿐 아니라 진짜 부모님과의 결속에서도 벗어나 본인만의 삶으로 뚜벅뚜벅 걸어 들어가겠지요.

그녀는 9년 전 처음 저와 연이 닿은 이후로 이따금씩 자신의 근황을 종이편지로 전해왔는데, 아프리카에서 날아든 서신을 손으로 열어보는 것은 참으로 설레고 기쁜 일이었습니다. 그 안에는 한 아이의 성장 과정이, 인생이, 소박한 꿈이 고스란히 담겨 있었습니다. 거기 작게나마 도움을 줄 수 있다는 것은 그 아이가 아니라 나 자신에게 커다란 축복이었습니다. 이제 야예로부터 그 소중한 편지가 더는 오지 않겠지요. 그녀는 성인이 다 되었고 제 후원금도 더 이상 그녀에게는 전달되지 않을 테니까요. 그렇지만 죽을 때까지 저는 야예를 응원하고 있을 겁니다.

제게는 야예 말고 국내에도 직장을 통해 결연 맺은 한 명이 더 있고 제 아내도 똑같이 그러해서 저희 가족에겐 야예와 같은 아들딸이 몇 명 더 있습니다. 저희가 이 아이들에게 쓰는 돈은 보잘것없습니다. 솔직히 그 돈이 얼마나 실질적 도움이 되는지도 잘 모르겠습니다. 그러나 다만 적어도 그 아이들이 자기 생에 누군가는 관심을 가지고 실오라기 같은 연이라도 묶으려 한다는 것, 그 사실 하나만 알아주어도 의미가 없지는 않으리라 믿습니다.

이제 곧 성인이 되어 어른들의 손길로부터 독립해 나갈 야예를 굳이 이 지면을 빌려 소개해 드린 건, 저 말고도 많은 분들께 이런 '인연'의 기회를 권하고 싶어서입니다. 한 아이가 무사히 자라 어른의 삶으로 나아가기까지, 생의 한 시절을 함께하는 일에는 말로 표현하기 힘든 뭉클함이 있습니다. 비록 멀리서 지켜보는 것이지만 미약한 힘으로나마 한 사람의 삶의 축을 지지해주는 일입니다. 그것은 얄팍한 시혜나 기부의 차원이 아니며 그로 인해 구원받는 것은 오히려 제 쪽입니다. 저는 야예로부터 기대하지 않았던 많은 도움을 받았습니다. 그녀가 제게 준 것은 겸허와 인간사랑, 희망, 순수… 제가 한동안 잃어버리고 살았던 것들이었습니다.

물론 이렇게 연을 맺는 결심을 위해서는 무엇보다 '마음'이 우러나와야 하고 단돈 몇만 원이라도 달마다 기꺼이 내어놓을 여유가 있어야 합니다. 금액이 적다 해서 부담이 없다 할 수 없으며, 결심하지 않는다 해서 좋은 사람이 아닌 것도 아닙니다. 그러니 마음먹지 못한다고, 실행하지 못한다고, 가책을 느낄 필요는 없습니다. 여건이 충분히 되는 분들에 한해서, 괜찮은 기관에 한 번쯤 손을 내밀어보세요.

그나저나 우리 야예는 이제 아프리카 정글이 아닌 진짜 인간세상의 정글로 나아갈 텐데 그를 위해 기도pray합니다. '프레이 포 파리, 프레이 포 런던'의 긍휼심이 한 번도 조명하지 못했던 곳, 아프리카의 뜨겁고 메마른 대지 위에서 그가 안전하게 살아가길, 주체적인 여성으로서의 삶을 굳건히 써 내려가길 간절히 기도합니다.

제9장

우리의 오늘

동물 국회와 식물 국회

'동물 국회'와 '식물 국회' 중엔 뭐가 더 나쁠까요?

동물처럼 싸우기만 하는 동물 국회,

식물처럼 움직이지 않는 식물 국회.

움직이긴 움직이되 금수처럼 움직이는 동물 국회,

고요하긴 고요하되 존재 가치가 없는 식물 국회….

이 둘은 경계도 모호한 것이,

식물 국회가 곧 동물 국회가 되기도 하고

동물 국회가 바로 식물 국회가 되기도 합니다.

가만히 놀고들 있다가

네가 더 놀았네, 내가 더 놀았네, 싸워대는 것이고

그렇게 죽자고 싸운 끝에 팽 하고 돌아서면

다시 또 말없이 삐쳐만 있습니다.

이나 저나 결국 도긴개긴.

윷놀이 용어인 '도긴개긴'을 다른 말로 하면

'개나 소나' 정도 될까요?

개든 소든, 동물 국회든 식물 국회든,

'인간 국회'가 아니라는 점에서는 피차일반입니다.

#한국정치 #현주소

국민 트라우마

국민적 상처로 남는 사건들이 있다. 재난으로는 '세월호 침몰 사건'이 그랬고, 범죄의 영역에서는 '오원춘 사건' 같은 것들이 그렇다.

이들의 공통점은, 참사의 진행 과정을 국민들이 생생히 '목격' 했다는 것이다. 피해자들이 속수무책으로 당하는 과정을 영상으로 지켜보거나 소리로 들었다는 것, 그 충격은 고스란히 '트라우마'로 남을 수밖에 없다.

우리는 그 거대한 배가 가라앉는 과정을 온종일 생중계로 지켜봐야 했고, 감금당한 여성이 구조받지 못하는 과정을 전화기 너머 절규의 음성으로 들어야 했다. 우리는 그 목격의 과정에서 하나의 결론에 이르게 되는데, 그것은 바로 '구할 수 있었는데… 살릴 수 있었는데….' 하는 명백한 탄식이다.

이 결론은 너무도 자명하여 어떤 정치적 잣대나 경제적 계산법으로도 부정할 수 없는 것이다. 살 수 있었던 사람이 죽었다는 진실은 좌와 우, 보수와 진보의 시선 따위로 쪼갤 수 있는 게 아니다. 거기에 정치적 셈법 같은 걸 적용시키고 편을 가르는 일은 인간애를 망실한 처사다. 그 어떤 정치·경제의 프레임으로도 죽은 사람을 살려내지는 못하고 산 자의 아픔도 치유하지 못한다.

무엇보다, 살릴 수 있었던 사람을 허망하게 죽게 했다는 탄식은 누구도 봉합 못 할 통한이다. 그것이 바로, 이들 사건을 놓고 아무리 시간이 흘러도 상처와 분노가 가시지 않는 이유다. 위정자들은 명심하고, 또 명심하고, 명심할 일이다. 이해득실과 편견의 모든 프레임을 내려놓고 손부터 먼저 잡아줄 일이다.

기억할 일, 배워야 할 일

언젠가 제가 진행하는 뉴스광장 1부(06시) 톱에서 이런 소식을 전한 일이 있습니다. 국내 기업 차량을 미국으로 수출하는 선박이 현지 해안에서 전도됐는데, 피 말리는 수색 끝에 실종자 세 명이 우선 구조됐다는 소식이었습니다. 그 배는 차량 수천 대를 싣는 거대한 배라 문득 비슷한 크기의 다른 배 생각이 났습니다. 그러던 차에 한 시간 뒤 뉴스 2부가 시작되자 남은 한 명까지 '전원' 구조됐다는 소식이 속보로 들어왔습니다. 그 한 시간 사이에 남은 실종자까지 모두 찾아낸 겁니다.

개인적으로 제가 앵커를 맡아 뉴스를 진행한 이래로 가장 반갑고 벅찬 소식 가운데 하나였습니다. 저는 그만 생방송 도중에 주책없이 울컥하는 바람에 목소리가 살짝 떨리고 말았습니다. 다만 제가 그럴 수밖에 없었던 건 비단 '기쁨' 때문만은 아니었을 겁니다. '넘어진' 배는 필연적으로 우리에게 상기시키는 것이 있습니다. '저 배에서는 저렇게 다 구해내는데, 그 배에서는 왜 못 그랬을까…. 저 나라에서는 어떻게든 구해내는데, 우리는 왜 그리하지 못했을까….' 이 아쉬움과 동시에 맹렬한 감사의 마음이 일었습니다. 우리 선원들을 전원 구조해낸 미 구조 당국에 말입니다. 저는 그래서 뉴스 말미에 잠깐 짬을 내어 아래와 같은 클로징 멘트를 전했습니다. 물론 미국 당국에서 그걸 들었을 리는 없지만 시청 중이었던 우리 국민들은 한마음이었으리라 봅니다.

클로징 멘트 (2019년 9월 10일 KBS 1tv 뉴스광장)

"미국에서 전도됐던 현대글로비스 선박 승선자 전원을 무사히 구조해낸 현지 해안경비대에 국민의 한 사람으로서 감사 말씀을 꼭 드리고 싶습니다. 아마 온 국민이 같은 마음일 텐데요, 이 일을 계기로 우리가 '배워야 할' 부분은 없는지도 한번 살펴봐야겠습니다. 뉴스 마칩니다. 고맙습니다."

피해자를 보호하지 않는 사회

언젠가 다른 방송사 뉴스에서 이런 보도를 본 적이 있습니다. 운전 중 시비가 붙어 폭행을 당한 사람이 있었는데, 제대로 된 배상은커녕 사과조차 못 받고 심지어 '쌍방폭행'으로 공동 입건됐다는 겁니다.

그 사건의 경위는 이러했습니다. 운전 중 벌어질 수 있는 사소한 말다툼 끝에 가해자 측에서 먼저 피해자 얼굴에 침을 뱉습니다. 남의 침을 얼굴에 정통으로 맞고 분노하지 않을 사람은 없겠지요. 결국 홧김에 같이 침을 뱉었다는데 그게 주먹 공격으로 다시 돌아왔습니다. 피해자는 결국 침도 먼저 맞고 코뼈도 부러지고 각막까지 손상돼 수술을 받아야 할 참이었습니다. 사정이 이런데도 경찰은 '같이 침 뱉은' 행동을 문제 삼아 '쌍피(쌍방 피해)' 처리를 했다고 합니다.

침 뱉는 것도 법적으로 폭행이긴 하지만 '전후' 사정을 고려하지 않은 기계적 판단이었다고 봅니다. 무엇보다 피해자는 단순히 침 맞아서 '기분이 나쁜' 정도가 아니라 주먹 피격으로 얼굴이 일그러진 상태였습니다. 그런데도 가해자로 공동 입건되니 억울함이 하늘을 찔렀을 일이지요. 결국 그는 폭행으로 인한 외상 스트레스에다 원통함까지 더해져 정신과 치료를 받고 있었습니다. 하긴 그런 울분과 우울감을 지니고 누군들 정상생활을 할 수 있었을까요. 가해자는 그저 벌금 몇 푼 낸 것이 고작이라니 아마도 정상생활을 했을 것으로 보이지만요.

이게 대한민국 사회의 가장 큰 문제 가운데 하나입니다. 가해자를 가해자로 벌하지 않고 피해자를 피해자로서 보호해주지 않는 것. 언제 어디서든 누구나 똑같은 일을 당할 수 있다는 점에서 이 같은 문제는 '사회적 불안'이 됩니다. 불안한 사회는 결국 살기 싫어지는 사회가 됩니다. 이 시대 국민들이 어떻게든 기회만 되면 외국으로 나가고 싶어 하는 데는 다 이유가 있습니다. 법이 법 구실을 못 하면 세상에 나를 보호해줄 울타리가 망실됐다는 느낌이 드니까요. 부디 이 사건을 담당했던 기관들은 대오각성을 해야 할 것입니다. 법을 그런 식으로 만들어놓은 정치인들도 마찬가지고요. 그 사건 폭행의 피해자는 나일 수도 있고 여러분일 수도 있고 사실 우리 모두에 다름없습니다.

검은 산의 기억

하루는 뉴스에서 '새로 나온 책' 소식을 전하다가 유독 눈길이 꽂혔던 작품이 있습니다. 따로 사서 읽어보지는 않았지만, 37년 간 광부로 살아온 김정동 님의 <탄부일기>라는 회고록이었습니다. 그는 석탄을 캐는 보조공으로 시작해서 반장과 갱장을 거쳐 안전관리 책임자까지, 다른 광부들을 이끌며 한평생 갱도에서 일하다 그만 진폐증에 걸렸다고 합니다. 이렇듯 험하고 쉽지 않은 일, 남들 알아주지 않는 분야에서 묵묵히 평생을 바쳐온 사람들이 진정한 명장·명인이라는 생각을 해봤습니다. 바로 그런 분들의 이야기가 책으로 좀 더 많이 나왔으면 좋겠다는 바람도 함께요.

예컨대, 배달음식 쟁반을 머리에 5단, 6단으로 쌓아 올리고 시장을 누비는 '백반 장인' 할머니의 사연도 들어보고 싶고, 그러다 보면, 짬뽕 국물 한 방울 흘리지 않고 신속 배달을 완수하는 '철가방' 아우들의 이야기도 궁금해집니다. 누구도 그 이름을 모르지만 평생 바다에서 뱃길을 비춰온 외딴 등대지기의 삶은 어떠할까요? 건설 현장에서 제 몸보다 무거운 자재들을 짊어진 채 꼭대기 층까지 한달음에 오르내리는 '십장' 아저씨들의 내공도 들어볼 가치가 있어 보입니다.

생각이 거기에 이르면, 근래 한동안 이슈가 됐던 타워크레인 기사들의 '고공 시위' 일상도 궁금해집니다. 저는 17년 전 기동취재부 시절에 타워크레인 안전 문제를 취재한 일이 있는데, 현장에 도착하는 순간 저 높은 타워까지 어떻게 올라가야 하나, 눈앞이 캄캄했던 기억이 납니다.

다시 광부 얘기로 돌아와서, 무엇보다 제가 탄광 얘기에 눈길이 갔던 건 저 스스로가 탄광과 멀지 않은 삶을 살았기 때문입니다. 제가 태어나고 자란 강원도 정선은 국내 최대 규모의 광산촌으로 유명했던 곳입니다. 저의 외할아버지와 외삼촌께서도 직접 탄광 일을 하신 바 있습니다. 1970년대 석탄산업이 한창 호황을 구가할 땐 '지나가는 개도 지폐를 입에 물고 다닌다'는 우스갯소리가 있을 정도였지요.

특이한 건, 당시 탄광촌 곳곳에 '돼지고기' 식당들이 유독 많았다는 겁니다. 돌이켜보면 삼겹살은 광부들의 주식이나 다름없었습니다. 그것이 바로 김정동 님이 앓고 계시다는 병, '진폐증' 때문입니다. 돼지기름이 폐에 쌓인 탄가루를 씻어주고 진폐증을 막아준다는 믿음에 광부들은 낮이건 밤이건 돼지고기를 먹었습니다. 요즘 같으면 그냥 떼어내 버리고 말 '비계' 부분을 더 악착같이 챙겨 먹었지요. 그렇게 해도 진폐증 환자는 넘쳐났습니다. 저희 집이 있던 정선 읍내에는 결국 진폐증 전문 대형병원까지 들어섰으니까요.

'사고'는 또 어땠습니까? 걸핏하면 갱도가 무너져 수십 명이 갇히고 십수 명씩 죽어 나갔습니다. 1970~80년대 뉴스를 보았던 분들은 어렴풋이 기억을 하실 겁니다. 광부들은 그렇게 돈과 건강, 목숨까지 바꿔가며 가족을 위해, 생계를 위해 고군분투했습니다. 그래도 요즘처럼 위험이 '외주화' 되진 않았지요. 그 시절 갱도를 드나들던 광부들은 대체로 정규직이었고 일한 만큼 두둑한 봉급도 챙겼습니다. 그 기반 위에 나라 살림이 불어나고 대한민국의 산업화가 완성되었지요.

그러나 1980년대 들어 석탄 산업은 급속히 몰락하고 '탄광촌'은 '폐광촌'이 되고 말았습니다. 광부들은 어딘가로 다 흩어지고 광산과 그 광산에 기대어 장사를 하던 가게들은 죄다 문을 닫았습니다. 그렇게 갱도는 폐쇄되었어도 검은 탄가루는 계속해서 온 동네를 뒤덮었습니다. 초등학교 시절 외삼촌 댁에 가면 마룻바닥 한번 쓱 훑어도 이내 손바닥이 새까매지곤 했습니다. 광부들이 떠난 마을엔 그렇게 탄가루만 남았습니다.

온 산을 둘러봐도 시커먼 물감만 칠해져 있던 그 시절의 풍경을 잊지 못합니다. 바로 그 산, 검은 가루로 뒤덮였던 그 산은 아이러니컬하게도 곱고 하얀 눈으로 덮인 스키장이 됐지요. 네 맞습니다. 지금 하이원 스키장이 들어선 곳, 그곳이 바로 광산 자리입니다. 거기서 조금 아래, 국내 굴지의 탄광 회사가 있던 곳에는 화려한 카지노가 들어섰습니다. 그렇지요. 강원랜드 리조트입니다. 수많은 광부들의 피땀 눈물이 배어있는 산자락은 그렇게 '휴양과 힐링, 레저'의 장으로 탈바꿈했습니다.

그러나 저는 아직도 그 산에 가서 눈 덮인 봉우리들을 둘러보면 그 옛날 검은 얼굴의 광부들이 쏟아져 나오던 괴물 같은 갱도의 '입'이 먼저 떠오른답니다. 김정동 님의 회고록은 아마도 그 괴물의 입을 수천 번 드나들었던 살아있는 전사의 기록일 겁니다.

국경의 전과 후

미국 국경 근처에서 발견된 어느 난민 부녀의 시신이 세계 매스컴 지면을 뒤덮은 날이 있습니다. 2019년으로 기억되고, 매우 참혹한 장면이었지요. 지구촌의 많은 사람들이 그 사진을 보고 애도를 표했지만 정작 그들이 어느 나라에서 왔는지, 죽음에 이르기까지 어떤 일을 겪었는지에 대해선 알고자 하는 사람이 별로 없었습니다. 그 죽음은 그렇게 쓸쓸한 죽음, 고향 밖의 죽음이었습니다.

우리가 난민 문제를 얘기할 때 흔히 간과하는 것은 그들이 난민이 되기 '전'의 사정입니다. 난민의 행렬이 국경에 도착한 후, 또는 국경을 넘은 이후의 상황에만 초점을 두지, 국경으로 오기 전, 그들로 하여금 조국을 떠나도록 만든 근본 상황에 대해선 상대적으로 관심이 덜하다는 얘기입니다. 제주도 난민들은 제주도에 들어온 '이후', 즉, 한국에서 어떻게 '처리할 거냐?' 이 문제에 대해서만 대중적 관심이 높습니다. 미국-멕시코 국경의 난민들도 그곳에 도착한 이후, 미 정부가 장벽을 더 높이느냐 낮추느냐의 문제 앞에서만 조명을 받아왔습니다. 과연 베네수엘라에서, 수단에서, 엘살바도르에서, 난민들이 왜 목숨을 걸고 고향을 떠나는지, 그 문제에 대해서는 언론이고 대중이고 별 관심을 할애하지 않았습니다. 그래서 난민 문제는 그저 '이슈'나 '토픽' 정도의 선에서만 소비되고 있습니다. 국경에 당도한 난민들을 앞으로 어떻게 할 거냐, 받을 거냐 말 거냐! 오직 거기에만 포커스가 맞춰져 있는 것입니다.

물론 그 문제가 중요치 않다는 건 아닙니다. 난민이 찾아온 나라에서는 당장 수용 여부가 발등의 불이 됩니다. "우리가 끌어안아야 한다!", "아니다! 잘못 받았다가는 화근이 된다!" 의견이 분분합니다. 다 나름의 논거가 있습니다. 팽팽한 여론 대립과 그로 인한 이슈화에도 관심을 두지 않을 수가 없습니다.

그러나 조금만 시선을 돌려 생각해 보면 '난민 문제'의 뿌리는 따로 있습니다. 왜 난민이 발생할 수밖에 없었던 거냐, 그 나라에선 대체 인간을 상대로 무슨 일이 자행돼 왔던 거냐, 그것이 핵심입니다. 중요한 건 그들이 고향에서 무슨 일을 겪은 건지, 왜 고향을 떠나기로 결심한 건지, 그 '스토리'여야 합니다. 그것은 휴머니즘의 차원이기도 하지만, 동시에 그걸 알아야 난민의 뿌리를 자르는 일에 국제사회가 머리를 맞댈 수 있습니다. 난민은 어느 나라 입장에서나 '안 생기는 게' 제일 좋잖아요? 그러려면, 시리아 난민들이 왜 10인용 보트에 50명씩 올라타고 바다를 건너다 빠져 죽는지, 그들 고향에서 무슨 인권 유린이 벌어졌는지, 인류는 알아야 합니다. 중남미 난민들은 왜 국경 장벽에서의 모멸감보다 고향에서의 삶을 더 괴로워했는지, 거기에 무슨 경제·사회적 파탄 상황이 있는지, 알아야 합니다. 같은 인간의 문제이자 인류의 명운이 걸린 문제이기 때문입니다. 그들이 지금 겪는 일은 언젠가 우리가 먼저 겪었던 일이었을 수도 있고 앞으로 똑같이 겪게 될 일일 지도 모릅니다.

생각해보십시오. 불과 1997년에 우리는 IMF '난민'이었습니다. 1950년에는 전쟁 '난민'이었고 1910년에는 식민지 '난민'이었습니다. 보릿고개와 군부독재의 난리 통에도 수많은 '난민'들이 죽어갔습니다. 2000년대로 넘어오기 전까지 대한민국은 난민의 나라였습니다. 지금은 아니라고요? 장담할 수 있을까요? 앞으로 어떻게 될지는 아무도 모릅니다. 경제가 어떻게 될지 안보가 어떻게 될지, 예측할 수 있다면 망하는 나라는 하나도 없을 겁니다. 그래서 우리는 난민 문제의 근원을 함께 들여다봐야 합니다. 남 얘기가 아닐 수 있기 때문입니다. 받을지 안 받을지, 믿을지 안 믿을지, 그것도 중요하지만, 그 화두를 계기로 다른 화두도 한 번쯤은 생각해보자는 겁니다. 난민은 그런 계기를 제공해주는 손님들입니다.

물론 '잘못 받은' 난민들이 테러나 범죄를 일으킨 사례는 적지 않습니다. 지탄받아 마땅하고 경계해야 할 일입니다. 검증은 포기할 수 없는 숙제입니다. 다만 그와 별도로 난민이 난민이 되기 전의 사정, 즉, 하나의 인간으로서 처했던 사정에 대해서도 잠시만 생각을 할애해 보자는 겁니다. 지금까지 그게 안 된 데는 언론의 책임이 큽니다. 발등의 불에만 플래시를 들이댔거든요. 저 국경의 강변에서 주검으로 발견된 부녀도, 시신이 되고 나서야 비로소 매스컴의 조명을 받았습니다. 따지고 보면 그것도 국경을 넘은 '후'의 상황이 되겠네요. 그 이전, 그러니까 고향 집을 버리고 먼 길을 걸어오는 동안에는 어떤 언론의 카메라 한 번 그들에게 렌즈를 열어주지 않았을 겁니다. 이제라도 그 부녀의 고향, '엘살바도르'에서 무슨 일이 있었던 건지, 조금이나마 관심이 일었으면 좋겠습니다.

우리는 파리, 런던의 테러에는 기꺼이 애도의 물결을 이루면서도 남미나 아프리카의 학살에는 눈길도 잘 주지 않는 것이 사실입니다. 휴머니즘에도 차별이 있다면 그것은 진정한 휴머니즘이 아닐 것입니다.

진짜 명품

쓰던 시계가 고장 나 고급 브랜드 아닌 저가 시계를 하나 장만했습니다. 얼마 전 휴가 때 면세점에서 이른바 '명품 시계'를 기웃거려 보기도 했지만 이내 생각을 고쳐먹습니다. '이게 다 무슨 의미가 있나… 명품? 진짜 명품이란 이런 것이 아니지….'

이 생각의 배경에는, 우리 역사에 중요한 기록으로 남은 두 시계가 있습니다. '도시락 폭탄' 의거 당일 윤봉길 의사와 김구 선생이 주고받았다는 그 시계… 각각 2원짜리, 그리고 6원짜리….

저는 이것이, 범접할 수 없는 가치를 지닌 진정한 '명품'이라고 생각합니다. 시공을 초월하는 진짜 '명품 시계'란 바로 이런 것이 아닐까요?

때마침 7시를 치는 종소리가 들렸다. 윤(봉길) 군은 자기 시계를 꺼내 내 시계와 교환하자고 하였다.

"제 시계는 어제 선서식 후 6원을 주고 구입한 것인데 (김구)선생님 시계는 2원짜리입니다. 저는 이제 1시간밖에 소용이 없습니다."

나는 목 메인 소리로 마지막 작별의 말을 건네었다.

"후일 지하에서 만납시다."

- 김구 <백범일지> 중에서,
윤봉길과의 마지막 작별 회고

잘 듣는다는 것

전작 산문집을 냈을 때 소설가 김훈 선생께서 추천사를 써주며 '잘 듣는' 자세를 강조하신 바 있다. "박주경의 글은 잘 듣는 자의 글"이라 하셨는데 그 메시지는 사실 내가 잘 썼다는 얘기도 아니고 잘 쓰라는 말은 더더욱 아니며 오로지 계속 잘 들으라는 준엄한 당부였을 것이다.

언론인이나 작가는 자기 말을 하기 전에 먼저 남의 말부터 귀 기울여 들어야 한다. 공교롭게도 나는 그 두 직업을 다 가지고 있어 책임감이 늘 무겁다.

잘 듣는 것은 귀를 '낮게' 열어두어 너른 범위를 듣는 것이다. 낮은 곳에서 들어야 '상하고저'를 두루 수렴하는 듣기가 가능하기 때문이다. 예컨대 산꼭대기에서 소리치는 말을 산 아래에서 듣는 것은 가능해도, 산 밑에서 소리치는 말을 산

위에서 듣는 것은 어렵다. 높은 곳에서 내리치는 말은 '메아리'의 힘을 받기 때문에 낮은 곳으로도 울려 퍼진다. 메아리는 그 목소리에 울림과 권력을 부여한다.

그러나 낮은 곳에서 쏘아 올리는 말은 중간에 나무에 걸리고 바위에 부딪히고 숲을 통과하지 못하여 어딘가에서 주저앉는다. 그래서 그 낮은 목소리를 들어줄 수 있는 귀는 오직 낮은 곳에 위치하는 귀다. 낮은 귀는 낮은 목소리도 듣고 높은 목소리도 듣는다. 그래서 잘 듣는다는 것은 귀를 낮은 데로 판판하게 열어놓고 널리 주파수를 맞추는 일이다. 높낮이의 모든 층차를 수렴하는 겸허한 듣기, 그것이 '잘 듣는 일'이다. 글에는 그렇게 '수렴하여 들은' 목소리들이 녹아들어 뿌리를 형성해야 한다. 언론인으로서든 작가로서든 나의 영원한 과제는 거기에 있다 할 것이다.

제10장

죄와 벌

똥 묻은 개와 겨 묻은 개

똥 묻은 개가 겨 묻은 개를 욕한다는 말이 있잖아요? 적반하장을 상징하는 속담이니 이치에 맞는 상황을 말하는 건 아닐 겁니다.

그런데 반대로 겨 묻은 개가 똥 묻은 개를 욕하면 어찌 되는지 아세요? 욕 할 만해서(?) 욕하는 것인데도 되레 똥 묻은 개가 더 심하게 짖습니다.

"너의 겨 냄새가 나의 똥 냄새보다 더 지독하다." 라고 우기면서 말이에요. 겨 냄새보다 똥 냄새가 더 독한 건 누구나 다 아는 얘기인데도 그 반대라고 자꾸 바득바득 우기는 이유는 상대를 똑같은 수준의, 혹은 나보다 더 나쁜 수준의 존재로 몰아붙여 입을 '다물게' 하기 위해섭니다.

잘못한 게 없는데도 자꾸 "네가 잘못했다, 너는 죄인이다."

이런 애기를 들으면 결국 위압되고 주눅이 들어서 아무것도 못하게 되거든요. 가해자가 피해자로 둔갑하고 피해자는 2차 피해를 입는 시스템이 그렇습니다.

그런 일이 우리 사는 세상에서 갈수록 많이 일어나는 것 같지 않나요? 가해자가 오히려 떵떵거리고 피해자는 주눅 들어 있는 이상한 양상이 벌어지고 있지 않나요?

단죄와 청산이 어려운 이유,
우리 사회가 지금 몸살을 앓고 있는 이유입니다.

국민 정서 유감

"제가 국민 정서를 잘 헤아리지 못한 것 같습니다."

"국민 정서와 안 맞는 부분이 있었던 것 같습니다."

정치인이나 관료 등 높은 자리 공인들의 입에서 종종 나오는 얘기다. 부적절한 언사로 물의를 빚거나 인사 청문회에서 재산 문제 같은 게 논란이 되면 흔히들 해명하는 레퍼토리다.

이 '국민 정서'를 들먹이는 속뜻은 크게 두 가지라 하겠다.

하나는, 본인이 진짜 잘못한 건 '없다'는 뜻이다. 법적으로나 규범적으로나 내가 잘못한 것은 없는데, 국민들이 하도 '기분 나빠 하니까' 단지 거기 대해서는 내가 좀 유감이라는 것이다. 위의 첫 문장에서 "정서를 잘 헤아리지 못했다"는 표현은, '나와 여러분의 의식 수준이 맞질 않아 내가 본의 아니게 여러분 기분을 좀 나쁘게 했네?' 정도의 속내를 에두르는 걸지도 모른다.

또 하나는, 본인의 정서는 그 국민의 정서와 '지금도 여전히' 다르다는 뜻이다. 자기 정서가 '틀린' 게 아니고 그저 '달랐을' 뿐이라는 얘기고, 그러므로 앞으로도 끝까지 대중에게 완벽히 공감하지는 못하겠다는 말이다. 애당초 정서가 달랐기 때문에 행동으로 물의가 빚어진 것이기도 하지만, 지금도 본인 마음에서는 여전히 그 이질감을 유지하기 때문에 "안 맞는 부분"이라 설명한 것이다. 분명 '잘못했다·잘못됐다'가 아니고 '안 맞는다'는 표현을 쓴 데는 다 이유가 있다. 국민들은 명백한 잘못이라고 보지만 자기 보기엔 정서나 관점이 서로 안 맞는 정도로만 판단하는 것이다. 어쩌면, 이해력이 떨어지는 건 대중들 쪽이라며 내심 불만일 수도 있겠다.

어쨌든 '국민 정서와 안 맞는 부분'이라는 말은 그 자체로 국민 정서 '바깥'에서 하는 말이다. 그만큼의 거리감을 고스란히 내포하는 말이다. 그 거리를 좁히고 싶은 생각 자체가 어쩌면 화자에게는 영영 없을 수도 있다. 그러면 결국 분통 터지고 스트레스 받는 건 국민들뿐이다. 영화 〈내부자들〉을 보다가 "대중은 개·돼지입니다."라는 대사에 우리가 분노하게 되는 것도 그런 연유다. 그 발언의 주인공은 자신은 '개·돼지'가 아니므로 거기 섞이거나 소통할 생각이 전혀 없다는 의지를 천명하고 있는 것이다.

결국 국민 정서를 언급하며 미안하다 또는 유감이라 하는 말은 진짜 사과가 아닐 가능성이 높다. 진짜 사과는 그저 "잘못했다." 한 마디면 되는 것이다. 그 말을 어떻게든 안 하려고 말을 빙빙 돌리다가 끝에 가서 만만하게 꺼내 드는 게 바로 '국민 정서' 운운이다.

영화 〈달콤한 인생〉을 보면 이런 대사가 나온다.

"사과해라. 잘! 못! 했! 음! 그 네 마디면 돼. 그럼 아무 일도 일어나지 않는다."

물론 공인들은 잘못했다는 말 하나로 '아무 일도 안 일어나기'는 힘들다. 고위 공직자일수록 특히 더 그렇다. 잘못했다는 말 다음에는 인사 처벌이 수순인 경우가 많다. 그러나 둘 다 하지 않고 어떻게든 어물쩍 때우려는 사람이 많아 대중이 스트레스를 받는다. 혹은, 사과만 하고 사퇴는 안 하거나 사퇴는 하되 사과는 끝까지 안 하는 경우도 보는 이들의 속을 긁어놓는다. 어느 쪽이든 뒷맛이 구려서 민초들은 밥맛까지도 싹 떨어지는 것이다. 그런 일이 반복되다 보면 대중의 손에 언젠가는 촛불이나 횃불이 들리기도 한다. 그때 가서는 사과든 사퇴든 다 부질없는 일이다.

양심에 관하여

나는 경찰서에 가면 마음이 편하다. 아이러니컬하지만 익숙한 고향 같은 곳이다. 사회부 기자 시절의 여러 해를 경찰서에서 먹고 자고 보냈으니, 내 청춘의 몇 할은 경찰과 함께했다 해도 과언이 아니다. 그 잔상이 나름의 '편안함'으로 남아 있는 건, 그때가 그런대로 지낼 만했기 때문일 것이다. 비록 몸은 고되고 일의 압박은 지독했지만 마음이 흔들리고 시달릴 일은 지금보다는 덜했다.

그 시절 나에게는 책임질 식솔이 없었고, 인생 방향에 대한 고민이나 생로병사를 둘러싼 번뇌도 적었다. 남들 시선을 신경쓰거나 비교를 당하거나 관계에 얽힐 일도 그다지 많지 않았다. 나는 그저 혈혈단신 앞만 보고 달리면 그만이었다. 새벽 5시에 출근해서 밤 10시에 퇴근하면 하루 17시간을 근무하는 것이니, 집에 돌아가 베개에 머리만 대면 그대로 곯아

떨어졌다. 다른 고민할 여지가 없었다. 물론 '일'에서 오는 고민 자체가 가벼운 것은 아니었다. 초년의 기자는 끊임없이 평가당하는 게 숙명이라 나 역시 그 압박으로부터 자유롭지는 못했다. 잘 하고 있나, 잘 할 수 있나, 잘 하는 사람으로 보일까….

그나마 그것들은 추상적인 고민 축에 속했고, 실질적으로는 더 사소하고 꾀죄죄한 고민들이 주를 이뤘다. 오늘 내가 빼먹은 보고는 없나, 내 구역에서 낙종한 기사는 없을까, 내일은 또 뭘 취재하겠다고 보고할까…. 그렇게 '사소하게' 하루하루가 흘러갔다. 건조한 나날이었지만 그만큼 또 무덤덤했다. 청춘이 그렇게 갔다. 돌이켜보면 '일 고민'이 세상 고민 중에 제일 만만하더라…. 순간의 '텐션'은 높아도 그 깊이가 아득하지는 않다. 지금의 나에겐 그 시절의 청춘은 없지만 고민의 질량은 몇 곱절이다. 일 바깥의 고민이 실존의 고뇌에 더 가까운 법이다.

나는 사회부 기자 시절에 주로 강남 일대 경찰서를 담당했다. 시니어가 되어서는 '시경 캡[1]'을 한다고 경찰청 단위를 출

1 국내 언론사 사회부에서 경찰서 출입기자들을 통솔하는 현장 지휘관 역할을 말한다. 주로 서울지방경찰청(줄여서 '서울시경')을 출입하기 때문에 '시경'이라는 말이 붙고 '캡'은 캡틴(Captain)의 줄임말이다. 경찰청(본청)을 출입하며 시경 캡을 보좌하는 역할은 '바이스(부) 캡'이라고 부른다. 본청보다 서울청에 중요한 사건 정보가 더 많기 때문에 최고참 기자가 시경을 출입한다. 일선 기자들은 각 지역 경찰서들을 출입한다. / 저자 주

입했는데, '서'나 '청'이나 냄새는 비슷하여 특유의 분위기를 풍긴다. 경찰관서마다 묘하게, 피비린내 같기도 하고 소독약 내 같기도 한 독특한 냄새가 있다. 얼마 전에는 국제 운전 면허증을 급하게 만드느라 아무 경찰서에나 불쑥 들어간 일이 있는데, 그나마 그 냄새가 옛날보다는 많이 사라진 걸 느낄 수 있었다.

헌데 그 경찰서에 가 있다 보니 문득 어느 개그맨이 떠오르는 것이었다. 여러 해 전 자신의 음주운전 사실에 부끄러움을 느껴 제 발로 자수를 했다는… 그때 그가 찾아갔던 경찰서가 바로 내가 면허 업무를 보러 간 곳이었다. 당시의 일화를 두고 세간에서는 그를 '뼈그맨'이라 부르며 화제 삼기도 했다. 어떤 상황에서도 기어이 웃기고야 마는 못 말리는 희극인, 즉 '뼛속 깊이 개그맨'이라는 것이다. 그날의 뉴스는 사실 많은 사람들의 반응을 황당과 폭소의 중간쯤으로 이끈 게 맞다.

그러나 나는 그의 결심 자체가 희극적인 무언가는 아니었으리라고 본다. 그렇게 믿고 싶다. 그는 진지했을 거라고, 그는 진짜 고뇌, '일 바깥'의 고뇌에 의해 움직였을 거라고…. 그의 자수가 그의 '웃기는' 직업과 연관된 것이었다면 그 결정을 추동한 고뇌는 실존의 고뇌가 아니었을 것이다. 그러나 나는 그렇게 생각하지 않는다. 그는 잠시라도 실존의 고뇌에 빠졌다가 자수를 결정했을 것이다. 그것이 양심이든 자괴감이든. 나는 어떻게든 그 결정을 높게 평가한다. 왜냐면 이 세상이, 제 잘못을 인정하는 사람이 너무 드물고, 잘못에 책임지려는 사람이 희박한 방향으로 흘러가고 있기 때문이다.

사과할 사람들은 사과하지 않고 적반하장은 자동 반사적인 매뉴얼처럼 되어버렸다. 책임질 자들이 책임지지 않는 기류는 사회에 대한 희망을 강탈한다. 신상필벌信賞必罰이 무너진 사회는 공정하지 않고, 그러므로 정의에 대한 기대가 무너지기 때문이다. 뻔한 증거가 앞에 있어도 모르쇠로 일관하고 되레 피해자를 가해자로 몰아가는 일이 횡행하는 시대에, 라면을 먹다가 자수를 결심하고 제 발로 신고를 하러 갔다는 개그맨의 일화는 독보적이다. 그의 결정은 희극이 아니라 정극이었으며 어떤 정치·경제인·고위층의 행보보다 진중했다고 본다. 나는 그 울림을 기억하고 싶다. 가장 가벼운 웃음을 던지는 사람이 그날만큼은 가장 묵직한 메시지를 던짐으로써 우리에게 전하고자 했던 그 파동 말이다. 양심. 책임. 사죄. 지금 시대에 부재한 것들에 대한 울림…….

주객전도 主客顚倒

미국에서도 북방의 오지, 알래스카를 간 적이 있다. 그때 북미 최고봉이라 불리는 디날리산을 먼발치에서 바라보았다. 해발 6,168m의 디날리는, 우리에게는 산악인 고상돈 씨가 유명을 달리한 곳으로 알려져 있고, 미국에선 알래스카 원주민들의 정신적 상징물로도 유명하다. 원주민 말로 '숭고하다'는 뜻이 이름에 담겨 있다. 그런데 그 훌륭한 이름을 한동안 어이없는 이유로 강탈당한 시절이 있었다. 미국의 한 사업가가 맥킨리라는 이름의 당대 대통령에게 제멋대로 산을 봉헌(?)하는 바람에, 오랫동안 산 이름이 맥킨리라고 불렸던 것이다.

생각해보면 황당하기 짝이 없는 일이다. 주객이 완전히 전도된 셈이지 않은가? 아무리 원주민들이 더 이상 그 땅의 '주인' 행세를 하기 어렵다 해도, 고유의 이름까지 강탈해가며 자연물을 정치인에게 갖다 바치는 건 비열하기 짝이 없는 일이다. 우리로 치자면 한라산이나 백두산 이름을 강점기 시절 일제 총독이나 천황 이름으로 바꿔치기 당하는 것이나 다를 바 없다. 그래서 '디날리'라는 이름이 '맥킨리'로 바뀌었을 때 알래스카 원주민들이 느꼈을 참담함은 미루어 짐작이 갈 만하다. 이 산은 결국 오바마 대통령 시절 '디날리'라는 이름으로 원상복귀 돼 땅의 옛 주인들에게 돌아갔다. 물론 그들 마음의 고향으로 돌아갔다는 것이지, 실제 땅은 여전히 원주민들 것이 아니다.

디날리에서도 북서쪽으로 다시 한참을 올라가면 알래스카 중에서도 최고의 오지, '놈Nome'이라는 바닷가 마을이 나온다. 육로로는 접근 자체가 불가능해 오로지 비행기나 배로만 갈 수 있는 극지 마을이다. 이름도 생소한 이곳을 내가 방문했던 이유는 '북극 탐사' 때문이었다. 2011년 극지 연구소의 탐사대를 동행 취재하면서 북극권 진입을 위해 기항寄港 했던 곳이 바로 '놈'이었다.

걸어서 30분이면 마을의 끝과 끝을 오갈 수 있는 이 벽지 마을에서 나의 눈에 가장 강렬하게 남았던 풍경은 바로 원주민들이었다. 우리가 다큐멘터리나 영화에서 보았던 그 강인하고 낙천적인 북방 원주민들이 아니었다. 그들은 거의가 술에 절어있었다. 낮밤 할 것 없이 취한 상태로 유령처럼 거리를 배회하고는 했다. 상당수가 알코올 중독자로 보였는데, 술 마시는 것 외에는 달리 하는 일도 없다는 얘기를 식당 주인으로부터 들었다. 생계는 정부에서 나오는 생활 보조금으로 충당한다 했다. 미국 정부 원주민 정책의 핵심이라 하겠다. 굳이 '일'을 할 필요 없이 그저 주는 돈만으로 생활하도록 만드는…. 하긴, 일을 하려 해도 직업을 찾기가 쉽지는 않을 것이다. 원주민들에게 번듯한 자리를 내어주는 직장이 그리 많진 않을 것이므로.

일을 안 해도 생활할 만큼의 보조금을 준다는 것은 일견 '훌륭한 복지'처럼 보일 수도 있겠으나 실제로는 그렇지 않았다. 그들은 '방치'되고 '방황'했다. 애당초 주류 사회에 진입할 기회도 부족했거니와 진입할 의지 자체가 상실되고 만 것이다. 어차피 나라에서 돈이 나오니 굳이 나서서 일자리를 찾으려 하지 않았고, 남는 시간과 알량한 보조금은 술 마시는 데 써버렸다. 무기력감이 컸을 것이다. 할 수 있는 게 거의 없고, 하고 싶은 것도 별로 없는 처지의 열패감 말이다. 그래서 알코올 중독자들이 넘쳐나게 된 걸지 모르겠다. 오랜 세월 그 땅의 주인이었던 사람들은 이제 보호관찰의 대상자, 완전한 '객客'이 되고 말았다.

마찬가지로 북방 오지인 캐나다 옐로나이프에 갔을 때는 동네 서점에서 인상적인 사진집 한 권을 발견했다. 원주민들의 얼굴 사진만을 모아놓은 책이었다. 그 표지에 실린 어느 노파의 사진을 보자 꼭 돌아가신 우리 외할머니 같다는 생각이 들었다. 눈매며 주름살이며 웃는 표정이 흡사 강원도에 계시던 외할머니와 비슷했다. 아메리카 대륙의 원주민은 필시 우리와 한 뿌리일 것이다. 그러나 오래전 광활한 대지에서 자연 그 자체로 살아가던 원주민들은 이제 사진집 속에서나 추억하는 희미한 존재로 남았다.

그 넓고 풍요로운 땅을 서구인들에게 몽땅 빼기고 한정된 보호지구에 갇혀 살면서 지금은 에스키모든 인디언이든 상당수가 알코올에 의존하며 지낸다. 결코 그들만의 책임이라 볼 수 없는 것은, 그간 원주민 보호라는 명목하에 집행된 정부 정책들의 얄팍함 때문이다. 넉넉하지도, 굶어 죽지도 않을 정도의 생계 지원, 백인 사회로부터 단절시키는 격리 거주, 경제 활동과 고용에서의 직간접 배제…. 이러한 것들이 근로와 자기계발 의지를 꺾어버리는 반작용으로 이어졌을 것이고, 그 무기력감을 이기지 못해 많은 원주민들이 술에 젖어 살기를 몇 대째 반복해온 것이다.

북극권 마을에 가보면 그 아름다운 오로라 아래서도 옛 땅의 주인들이 술에 취해 밤거리를 어슬렁거리거나 술값을 구걸하는 모습을 볼 수 있다. 삶의 밝은 의욕이란 모조리 상실한 듯한 그 부랑인들의 원류가, 그 옛날 드높은 기상을 자랑하던 원주민들이었다는 사실은 얼마나 슬픈가. 거침없이 용맹하면서도 자연 앞에 한없이 겸허하고 지혜롭던 그들…. 그러나 이제는 주인도 손님도 아닌 부랑浮浪의 처지로 전락한 원주민들을 보면서 강대국의 '업보'라는 걸 다시 한번 생각해보았다. 어쩌면 우리도 일제의 침탈로부터 벗어나지 못했더라면 지금의 그 원주민들 처지와 다름이 없는 신세로 전락했을지 모른다. 사진집 표지 속에서 환하게 웃던 할머니 얼굴은 그래서 더욱 서글퍼 보였다.

인간 실격

지금부터 하려는 말은 이웃 나라 일본의 일부 비뚤어진 생각을 가진 자들에게 평소 품었던 생각이다. 위안부 할머니들이 자발적으로 '종군從軍'을 한 것이고 그러므로 국가 차원의 책임은 따로 없다는 그들의 억지 주장에 대해서 말이다. 그러한 프레임을 위안부 문제에 덧씌우면 면죄免罪의 논리가 성립된다고 생각을 하나 본데, 그것이 어디 앞뒤가 맞는 이야기인지 따져 보고자 한다.

좋다. 저들의 주장이 맞는 말이라고 쳐보자. 백번 천번을 양보해서 할머니들이 '돈 벌려고 취업한' 근로자였다고 일단 가정해 보자는 것이다. 그럼, 자발적으로 취업한 사람은 때리고, 찌르고, 고문하고, 유린하고, 마음대로 죽여도 된다는 것인가? 스스로 따라갔다는 논거만 있으면, 자행된 모든 인간 이하의 행태들이 용인될 수 있다는 것인가? 대저 '자발'이라는 것이 면죄의 충분조건이 된다고 여기는 것인가? 생존자들의 몸에 박힌 문신과 칼의 상흔, 영혼에 새겨진 통한까지도 '자발적인' 거라 우길 셈인가?

요는, 자발·비자발의 문제가 아니다. 애초에 사람이 사람에게, 아니 동물에게조차 못 할 짓을 해놓고 그것이 어떤 논거로 정당화될 수 있다고 우기는가? 그깟 '자발'이라는 프레임 하나로 죄를 덮을 수 있다 믿는다면 그것이 저들의 '인간 수준'이고 동시에 인간으로서의 '실격失格'인 것이다.

故 황현산 선생은 그의 마지막 산문집 <사소한 부탁>에서 이렇게 말했다.

전쟁 위안부의 징집과 위안소의 운영은 넓게 보아 인류에 대한 범죄였고 좁고 구체적인 관점에서는 남성이 여성에게 저지른 죄악이었다. (중략) 위안소에는 일본 소녀들도 있었다. 그들이 군국의 손아귀에 끌려갔건 제 발로 걸어갔건 그것은 문제가 되지 않는다. 남자들이 남자 노릇 한답시고 일으킨 전쟁의 처참한 희생자라는 점에서 한국 소녀와 일본 소녀의 차이는 없다. 소녀상의 한국 소녀는 한국 소녀이면서 동시에 중국 소녀이고 일본 소녀여야 하는 이유가 그렇다.

그럼에도 불구하고 저들이 부리는 막무가내식 행태를 보고 있노라면 나는 세종대왕과 이순신 장군 같은 위인이 저들 나라가 아닌 이 땅에 태어났다는 걸 두고두고 감사하게 된다. 이순신 장군은 세계 해전 역사를 통틀어 가장 위대한 명장이고 한글은 지구상 모든 문자를 통틀어 가장 완벽한 글자이다. 보물은 그 보물을 다룰 줄 아는 사람들 손에 들어갔을 때 보물로서 빛나는 것이지, 그렇지 않은 자들 손에 들리면 똥이나 흉기가 될 수도 있다.

이순신 장군이 '왜국'에서 태어났고 거북선이 '열도'에서 만들어졌다면, 그것은 상상만으로도 끔찍한 일 아니겠는가. 다행히도 이 땅의 역사 속에 탄생했으니 그 덕에 우리가 고유문화를 지키고 사는 것이지만, 그 고유문화까지도 태워 없애려 했던 자들이 아직도 신사神社에 버젓이 모셔진 채 해마다 참배 의식으로 추앙받고 있다.

위안부 피해 할머니들은 저들에게 어떤 '청구'나 '요구'를 하는 것이 아니다. '기회'를 주고 있는 것이다. 업을 씻고 미래로 나아갈 수 있는 전향적 기회 말이다. 그 업을 씻는 일은 알량한 돈 몇 푼을 내어놓아 무슨 재단 따위를 만들라는 게 아니다. 그것은 오직 사과, 다른 어떤 것도 아닌 사과, 돈도 안 들고 품도 안 드는 오로지 '사과'면 되는 것이다. 시혜를 베풀 듯 돈다발을 던져놓고 유감이란 말로 때우는 게 사과는 아니다. 사과란, 받는 사람이 "그만 됐다"라고 할 때까지 거듭 고개를 숙이는 것이다. 그 고개 숙임과 "됐다"라는 선언으로써 죄인은 비로소 속죄를 마무리 짓고 구원받을 수 있다. 지금 그 마지막 기회를 열어두고 있는 할머니들은 그러므로 '구원자'임을 잊지 말아야 할 것이다.

김군자 커피를 아시나요?

'김군자 블렌드' 라는 이름의 커피가 있습니다. 이 커피는 제가 진행하는 뉴스에도 소개된 바 있는데, 위안부 피해자였던 故 김군자 할머니의 장학생 김준형 씨가 만든 커피입니다. 김 할머니는 생전에 모은 돈 2억여 원을 형편 어려운 청소년 등에게 나눠줬습니다. 그 장학금을 받은 학생 가운데 하나가 바로 김준형 씨입니다. 보육원 출신이었던 그는 할머니가 건넨 도움의 손길로 용기를 얻어 자립했다고 했습니다. 대학까지 마친 그는 할머니가 돌아가시자 그녀를 기리는 커피를 만들어 비영리 목적으로 판매하기 시작했습니다. 할머니에 대한 헌정이자 나눔의 대물림이었습니다.

평소 꽃과 흙을 좋아했던 할머니를 떠올리며 '꽃'과 '흙'의 향을 닮은 원두들을 배합해 '김군자 블렌드'라고 이름 붙였습니다. 김준형 씨는 이 커피를 위안부 수요집회에 들고 나가 나눠줍니다. 또 온라인 판매를 통한 수익금은 자신과 같은 처지의 청소년들에게 기부한다고 했습니다. 김군자 할머니의 아름다운 '향기'는 그렇게 사람들에게 전파되고 있었습니다.

김 할머니는 2017년 한 많은 세상과 작별했습니다. 그녀는 떠났지만 그녀로부터 도움을 받아 성장한 '김군자 장학생'이 8백 명에 이릅니다. 대부분 부모가 없는 고아거나 보육 시설에서 독립한 소년소녀 가장들이었습니다. 그들은 가족의 울타리가 없었지만 김군자 할머니라는 커다란 '엄마'를 얻었고, 김 할머니 역시 피붙이 혈육은 없지만 마음으로 키운 8백 명의 자식을 얻었습니다. 김군자 커피라는 향기까지 세상에 남겼습니다.

이제 김준형 씨가 그 커피의 수익금을 시설 아동들에게 기부한다 했으니 김군자 할머니의 새로운 '자손'들은 또 그렇게 대를 이어 널리 뿌리를 뻗어갈 겁니다. 선한 영향력, 선순환이란 바로 이런 걸 두고 하는 말입니다. 역사의 수레바퀴를 선순환이 아닌 악순환의 고리로 잡아 돌리고 있는 자들이 명심하고, 또 명심할 일입니다.

글을 닫으며

정치인들의 말은 자주 상처의 씨앗이 되지요? 그들끼리의 다툼이건 대국민 공언이건 정치 영역에서 나오는 말이 치유의 기재로서 작동하는 일은 희박합니다. 애당초 치유를 얻고자 그들에게 귀를 기울이는 사람도 드물 테고요. 그것은, 그 사람들의 말에 어떤 '계산' 같은 게 들어가 있기 때문입니다. 계산이 바탕에 깔린 말은 반드시 그 셈법으로부터 어긋나는 사람에게 상처를 주기 마련이고 치유의 문을 열지 못합니다. 언론도 마찬가지여서, 기사에 어떤 삿된 목적이나 계산이 담겼다면 필연적으로 대중의 한 편에 상처를 가할 수밖에 없습니다.

그렇다면, 반대로 우리는 누군가의 아픔을 치유하고자 하는 뜻이 있다면 자신의 말에 어떤 '계산'을 심지 말아야 함을 기억하면 되겠습니다. 따지고 보면 치유의 말이란 그리 어려운 것만도 아닙니다. 성직자나 현인들만 할 수 있는 것이 아니지요.

예컨대 본문 후반에 담긴 일본 극우 정치인들의 말은 철저히 '계산된' 말입니다. 그래서 우리에게 늘 상처로 다가오지요. 반면에 김군자 할머니나 김준형 씨의 말, 그리고 사연은 그 자체로 '치유'가 됩니다. 어떤 잇속을 따지지 않고 그저 베풀고 나누고 끌어안으려는 마음, 그 마음만 들어있기 때문입니다. 치유는 그런 마음에서 빚어집니다.

'미증유, 전대미문, 사상 초유…' 최근 우리가 매스컴을 통해 자주 접하게 된 수사들입니다. 코로나19와 장마, 수해… 지난 몇 개월은 마음이 무겁지 않은 날이 하루도 없었습니다. 우리는 그냥도 어려운 삶인데 전례 없는 역병에 물난리까지 겹치면서 삶이 삶다운 면모를 유지하기도 힘들었습니다. 우리가 당연하다고 여겼던 모든 것들, 사랑하는 사람의 손을 잡고 눈과 입을 맞추고 아름다운 자연과 교감하는 모든 일들이 어쩌면 당연한 게 아닐 수도 있다는 교훈을 큰 대가를 치르며 깨닫고 있습니다. 그 깨우침으로 가는 과정에서 파생된 어쩔 수 없는 이 생채기들, 서로의 몸과 마음에 깊이 배인 상처들을 어떻게 치유할 것인가…. 그것이 또 우리의 숙제입니다.

이 책에 적힌 여러 말들, 그 말들에 담긴 고민들은, 근본적으로 그런 숙제에 닿아 있습니다. 어떻게 상처를 보듬을 것인가…. 그것이 시대 사회적 배경에서 온 것이든, 각자의 생의 본질에서 오는 것이든, 우리는 상처를 너무 많이 끌어안고서는 피폐해서 못 삽니다. 결국 아무리 생각해 보아도 서로가 서로에게 치유의 손길을 내미는 수밖에 없습니다. 치유란 거창한 것이 아닙니다. 작은 위로와 격려, 그 사소한 말들이 쌓여 상처의 일부라도 봉합하고 하루하루를 버티게 합니다. 인간에게 받은 상처는 인간으로부터 완전히 벗어나서 치유하든지, 현실적으로 그게 불가능하다면 끝내 인간 사이에서 씻어내야 합니다. 치유의 말들이 그렇게 소독제도 되고 진통제도 됩니다. 미약한 우리가 그 미약함으로 서로에게 버팀목이 되어 끝내 함께 일어서야 한다는 걸 이 난리통에 새삼 깨닫습니다. 어쩌면 그 가르침을 받기 위해 고통스러운 대가를 치른 걸지도 모르겠습니다. 우리는, 서로에게 너무 등을 돌리고 살아왔으니까요.

인간 사이에 접촉을 제거하고 대면을 배제하고 이동과 교류를 차단하면 무엇이 남을까요? 우리는 각자의 방에서 홀로, 제각기 살아갈 수 있을까요? 그럴 수는 없을 겁니다. 우리는 어떻게든 서로에게 띄워 보낼 돛단배를 만들고 날려 보낼 종이비행기를 접을 겁니다. 그렇게 해서 서로가 서로에게 '이어져야' 살 수 있습니다. 이 글이, 그 돛이고 날개의 일부가 되기를 빌어봅니다. 그리고 어느 순간은, 그 모든 것들이 살아있는 '손길'이 되어 서로에게 닿기를, 간절히, 여러분과 같은 마음으로 빌어봅니다.

우리는, 어떻게든 또 이겨낼 것입니다.

박주경의
치유의 말들

1판 1쇄 발행 2020년 09월 18일
1판 3쇄 발행 2020년 10월 30일

지 은 이 박주경

발 행 인 정영욱
기획편집 정영주

펴낸곳 (주)부크럼
전 화 070-5138-9971~3 (도서기획제작팀)
이메일 editor@bookrum.co.kr
인스타그램 @bookrum.official
블로그 blog.naver.com/s2mfairy
포스트 post.naver.com/s2mfairy

ISBN 979-11-6214-343-8